Baltimore hécatombes / Alain René Poirier

Baltimore Hécatombes

Baltimore hécatombes / Alain René Poirier

à mon grand père

Alcide Poirier

10 septembre 1887-15 novembre 1926

Baltimore hécatombes / Alain René Poirier

Remerciements

à Yves Delmarre pour son aide en généalogie

Baltimore hécatombes / Alain René Poirier

Couverture réalisée par

Oksana Irina Poirier

© 2016, Alain René Poirier

Edition : BoD - Books on Demand
12/14 rond-point des Champs Elysées, 75008 Paris
Impression : Books on Demand GmbH, Norderstedt, Allemagne
ISBN : 9782322094837
Dépôt légal : juin 2016

Baltimore hécatombes / Alain René Poirier

Un putain de roman Instinctiviste

Instinctivisme : mouvement de la médiocrité arrogante

Baltimore hécatombes / Alain René Poirier

Chapitre 0

Préambule

J'habite Baltimore.... Baltimore, état du Maryland.... Baltimore, un des plus grand port de la côte est.... Baltimore ville parmi les plus pauvres des États Unis.... Baltimore citée où un quart de la population vit sous le seuil de pauvreté, voilà pour le décor....

Dans ce pays, il y a ce putain de rêve américain, celui scénarisé à Hollywood, qui t'éclabousse la gueule à longueur de nos feuilletons états-uniens, de nos films, romans... avec ses bagnoles de rêve, ses baraques de rêve, ses piscines de rêves, ses gus de rêve, bronzés, musclés là où il faut, privilégiant le muscle rouge au muscle blanc, les poches dégoulinantes de pognon, ses gonzesses de rêve, roulées comme des cigares cubains, d'autres entièrement restaurées, parcheminés, des lèvres hypertrophiées aux pointes de seins siliconés, artificielles, des implants capillaires aux ongles de pieds collés par leurs prothésistes, qui vivent dans leurs rêves, alors qu'elles sont devenues des cauchemars pour la vue, hybrides entre une poupée gonflable de premier prix et un accessoire de film d'horreur... Rêve que certains s'activent, se stimulent, se paroxysment au crack, à la coke, au brown sugar, faute de réels qui chantent, plongent dans l'oubli artificiel, le déni de la réalité... verleugnung comme disait Sigmund. Il y a la réalité vécue par plus de soixante cinq millions de citoyens du

Baltimore hécatombes / Alain René Poirier

Lumpenproletariat, cette réalité que l'on cache, comme un enfant incestueux, comme le doigt du lépreux qui te reste au creux de la main à la fin d'un hand shake, il y a le monde des milliardaires express, des traders cyniques qui s'empiffrent sur les cadavres fumants de leurs victimes sacrifiées sur l'autel du profit, le monde des larbins du groupe Bilderberg, moule universel de la pensée unique, le monde pailleté des pleureuses du show-biz qui compatissent sur la misère des humbles en leur vidant les poches, monde des Ferrari California, ces gloutonnes qui participent au fameux effet de serre, produisant la chaleur nécessaire qui permet de rouler décapoté, la moumoute au vent, ce monde de privilégiés qui chient sur la gueule ouverte de ceux qui n'ont pas d'assurance maladie, cour des miracles modernes qui l'envie. Il y a le cauchemar du chacun sa merde, du « rêve que tout est possible » pour qui est dénué de scrupules, projette-toi, ça ne mange pas de pain... Pendant ce temps là, tu fermes ta gueule, tu espères passer du bon côté, les rejoindre, commencer par les miettes puis, petit à petit, à force de travail, de mérite... Tu y crois ? Putain qu'ils sont doués pour te baiser la gueule, t'enfumer.... alors qu'ils sont aussi impatients de te compter parmi eux, que de voir un pou s'installer dans leurs chemises. Dieu pour les plus arrivistes d'accord, mais uniquement ses élus, ceux qui savent, qui sont aptes à mener le monde... Pour régner, il leur faut briser tes instincts de solidarité, t'injectent la notion d'allégeances à prouver, pour parvenir à tes fins, ton rêve de franchir quelques barrières sociales comporte des contre-parties, il te faut marcher sur le concurrent, bien lui écraser la gueule à coups de talons, lui piquer sa place, lui sucer le sang, se repaître de sa moelle, te transformer en gladiateur pour les sortir de l'ennui du pouvoir sans limites, te veulent la main sur le cœur, dans un garde à vous impeccable, le Star-Spangled Banner plein les yeux pour obtenir ta carte VIP de « JP Morgan Chase », qui t'ouvre les portes de la vie à crédit, celle qui te livre pieds et poings liés entre leurs mains... Garde à l'esprit

Baltimore hécatombes / Alain René Poirier

cependant, qu'un jour ils se lasseront du jouet que tu es devenu, tourneront d'un geste las le pouce vers le bas, te renverront brutalement d'où tu viens, plus dure sera la chute, tu ne seras jamais légitime malgré tout tes efforts de soumission, la pute dominatrice s'essuie toujours les pieds sur son esclave.... Le rêve américain... il passe aussi par des indiens dégommés comme au ball-trap, des « négros », esclaves vendus moins cher que la viande pour animaux, leurs femmes, justes considérées comme les réceptacles vivants des saillies du maître... le sens premier du « brown sugar » que chantaient les Rolling Stones... Le rêve irradié d'Hiroshima, de Nagasaki, villes illuminées par les bombes « Fat man » au plutonium pour Nagasaki, « Little Boy » à l'uranium pour Hiroshima, bombes essayées sur ces citrons bridés, la conscience occidentale n'aurait pas toléré que ce fût fait sur des animaux... habitants passés du statut d'être humain à celui de moyen de pression, villes désignées à la va-vite, à la place de Kyoto et de Kokura, citées initialement choisies mais, les monuments historiques auraient pu subir quelques dégats, la couverture nuageuse au dessus de Kokura aurait empêché de bien voir cramer les Japs, gâchaient de la pelloche pour rien, tu loupais le gros plan de l'embrassement des corps, les chairs qui se recroquevillent, le jaune qui vire au noir, le travelling sur le dernier rictus de douleur insigne du civil innocent, quand le Fahrenheit s'affole, te coagule l'albumine, te carbonise la protéine. Gâcher le plaisir de la victoire, le bonus qui te fait claquer la partie gratuite de ta fontaine de jouissances... Ce n'est pas en forniquant avec la terre, que t'en enfanteras de nouveaux monuments historiques, alors que du niakoué, ça se reproduit plus vite que le chiendent, les citrons c'est connu, ça a les couilles qui dégoulinent de niards, sa femelle pond des ovules plus nombreux qu'une poule rousse ses œufs, humilie en productivité les Harcos et les Vorwerks... Le Vietnam, saupoudré de napalm, d'agent orange, pour donner bonne mine aux combattants

Baltimore hécatombes / Alain René Poirier

manquant de soleil, tapis dans leurs souterrains pour échapper aux rations de bombes offertes généreusement par les B52... L'héroïque débarquement de la baie des Cochons, pour rétablir le beau Ruben Fulgencio Batista y Zaldivar gérant de nos établissements commerciaux sur l'île, bordels, tripots, points de vente de drogue, rentables à la Havane, l'intégralité de notre contribution au développement de la civilisation occidentale. Cuba qui hante nos souvenirs, le paradis perdu de la mafia italo-américaine, elle le pleur depuis... les Kennedy paieront le prix de n'avoir pas tenu leurs engagements vis à vis d'elle, ils étaient convenus de gagnants, gagnants et de son corollaire perdant, perdant... L'Afghanistan notre premier producteur d'opium, morphine, héroïne, pour nos élites stressées des marchés financiers, où nos service spéciaux ont formé et armé les Talibans contre les soviétiques... le Golem a récupéré son libre arbitre. L'Irak et ses armes imaginaires de destruction massive, inventées pour trouver le prétexte de punir ce chefaillon de Saddam Hussein, petit clown qui avait eu l'outrecuidance de tenter d'accaparer le pétrole Kuwaiti, alors qu'il pouvait sans encombres, faire joujou à massacrer son peuple, comme notre ami le démocrate saoudien. Guantánamo notre club de vacances sur un site paradisiaque, et sa carte des animations, tortures à discrétion, juste pour le fun, en saine concurrence avec Abu Ghraib, battles pour conserver leurs étoiles dans les guides SM réservés aux connaisseurs... Nos amis et alliés Saoudiens, lapideurs, égorgeurs, coupeurs de mains, qui te désossent une phalange aussi facilement que ton boucher un jambon de dinde, décapiteurs et fusilleurs, démocratie régie par les lois de la charia, l'Arabie Saoudite, notre alliée, ce Daesh qui a réussi, sa matrice... Putain que c'est bandant de se sentir dépositaire de la morale universelle, d'être la plus grande démocratie autoproclamée du monde... Tu sais ce que c'est « la démocratie, la moderne », pas celle de ces cons de Grecs, les Solon, Pisistrate, Clisthène, parachevée par Ephialtès et Périclès, démocratie directe qui voit les citoyens prendre les décisions concernant la cité... Dans nos démocraties modernes, un petit groupe de mecs en désigne un, souvent le plus con, le plus vil, le plus pleutre, le plus manipulable, le plus servile, celui qui leur lèche les mains de façon la plus douce, possède l'anus le plus hospitalier. Ce gus te présente un bout de programme qu'il n'appliquera jamais, hochet nécessaire pour te déclencher le réflexe de l'urne, face à un adversaire qui est politiquement son jumeau symétrique, pas un poil de cul ne différenciera leur action. L'élu, pendant son mandat sera accompagnés par la meute des autoproclamés « raisonnables », qui trouveront qu'il ne pousse pas assez loin la régression sociale, pour que tu comprennes qu'il fait ce qu'il peut pour t'en conserver provisoirement quelques miettes... Bien sûr, comme il mange dans la main de ses maîtres, dont tu n'es pas, tu te sens quand même un petit peu berné, t'en as pas pour tes rêves naïfs d'électeur, électeur appelé à son devoir citoyen par le hochet, pour justifier la légitimité bidonnée du fantoche. Devant le résultat prévisible, tu n'es pas content, tu fais les gros yeux, tu protestes les mains sur les hanches, mais tu gardes l'œil fixé sur ton smartphone, tu bougonnes sur les réseaux sociaux, tu vas peut être jusqu'à pétitionner. A l'appel des urnes suivant, tu ne peux voter que pour son adversaire estampillé par les raisonnables ou reprendre le même, le menu ne propose pas d'autres plats, le chef a l'imaginatif en vacances, l'ingrédient maigrelet, te fout au régime répétitif. Les mêmes causes produisant les mêmes effets, l'élection suivante, tu reprends le premier, celui là même que tu avais rejeté au tour précédent, pour incapacité, médiocrité, mensonge et parjure, du beau parleur, les lèvres baignant dans la publicité mensongère. Le politicard a dû se métamorphoser miraculeusement pendant sa période de repos forcé, pourtant Pasteur t'avait dissuadé de croire à la génération spontanée... et ainsi de suite, d'élections en élections, le jeu du clignotant, un

coup tu me vois, un coup tu vois mon sosie... Tu les entends s'insulter sur les estrades pour ensuite se congratuler dans les coulisses...
-Comment m'as-tu trouvé coco ?
-Moi je t'ai vu au top.
-Tu bois quelque chose, c'est ma tournée...
-Que fêtes-tu ?
-La manière dont nous les avons baisés !..

      Comédie, comédie, comédie tragique, qui éloigne à raison des urnes, voter pour quoi faire, le pouvoir des urnes, mon cul, démocratie, mon cul... Juste pour que le guignole élu se drape dans l'arrogance de la légitimité élective, te condamne si tu as l'abstinence votative, s'inquiètent que leur manque de légitimité finisse par se voir, se pavanent dans la majorité des exprimés, pas des possibles, des réels, puisqu'ils ne représenteraient qu'une partie dérisoire de la population... Qui ne dit mot consent, devient leur devise, alors que « qui ne dit mot » ne veut plus être pris en otage... Je me demande si le binaire ne rend pas con... T'as l'excuse de te faire bourré le mou à longueur de quotidiens, d'hebdomadaires, de mensuels, de radio, de télévision par la bande de journaleux déchus aux rangs de faire-valoir, de larbins, de paillassons, de renégats. Le binaire mon cul, je n'ai jamais pu me résoudre a abandonner le ternaire, putain que I love rock'n roll, l'original, celui de la révolte, pas celui du marketing qui finit dans la mièvrerie et la vulgarité crasse, à Las Vegas.... Le futur élu n'est pas forcément le même physiquement que son prédécesseur, juste son clone politique et idéologique, ceci expliquant son programme qui ne se résume qu'à sa tronche sur une affiche, un spot de pub, bientôt te le mettront au milieu d'un quarteron de filles presque à poils, comme pour te vendre une bagnole.... Il peut aussi prendre les traits de sa femme, de sa maîtresse, de son fils, de son chien, de son tabouret, de son étron, qui tous ont repris le flambeau, nouvel emballage pour le même

Baltimore hécatombes / Alain René Poirier

produit, le génie du marketing, des communicants, des attachées de presse, des publicitaires... Putain, imagine un peu que tu ne vives pas dans une démocratie.... Tu n'aurais pas d'alternatives... tu devrais fermer ta gueule, la boucler comme chez les totalitaires.... Là, tu as le choix entre les mêmes, tu peux l'ouvrir tant que tu veux, si tu restes dans le champ lexical pré-établi, utilises les mots agréés, penses unilatéral, mais on se fout du tiers comme du quart de ce que tu dis, quoi que tu dises... Les totalitaires ont des gardiens qui surveillent leurs Goulags, en démocratie moderne, économisent le gardien, tu te gardes tout seul, tu acceptes tes barbelés, tu vas même jusqu'à les installer. Ils vivent longtemps le ventre vide chez les totalitaires, tu meurs de plus en plus jeune le ventre plein de leurs déchets, dans ta démocratie ! L'un est nécessaire à la survie de l'autre, et réciproquement, si l'un s'effondre, l'autre le fera renaître de ses cendres, il lui faut son phénix, son fenghuang, le système s'équilibre sur ses deux jambes,

Nous, les « States », sommes le phare du monde, le monde nous doit tout. Qui a marché sur la lune, qui décide de la valeur des monnaies, du cour des matières premières, des krachs boursiers, des hold-up de nos banques contre les contribuables du monde entier, ce racket garanti par l'état. Alfonso Capone n'avait pas osé en rêver... Qui va déclencher la prochaine crise financière avec les prêts pour étudiants, les crédits aux firmes du pétrole de schiste, devenus les nouvelles « subprime mortgage crisis », qui a les plus beaux habits de pénitents blancs de marque KKK, qui a créé de ses petites mains les Talibans, Daesh, qui a imposé au monde, que du Dieu, qui te rappelle ton obligation de soumission, tu dois en bouffer à tous les repas ? C'est de ta faute, à toi, citoyen du monde du dehors, tu n'as pas à être aussi friand de nos séries, films et romans, que nous déversons à tour de bras dans vos consciences, pour les formater. Tu étais prévenu, nous, ce n'est pas de l'exception culturelle, le truc inventé chez les bérets

Baltimore hécatombes / Alain René Poirier

baguettes pour le bénéfice de quelques privilégiés, des élus de Dieu, des citoyens de première zone d'outre-atlantique, qui échappent aux lois du marché en s'emplissant les poches sur les deniers publiques, protégés par les lois nécessaires à la survie de leur médiocrité. Nous, c'est de l'industrie que l'on fait, du rentable, de l'efficace, on ne cherche pas à t'élever la conscience, pas de temps à perdre avec ces conneries, contre-productif pour nos objectifs, on se contente de te formater, pour que tu sois plus réceptif à nos idées, que t'achètes à des prix indécents nos merdes inutiles qui accaparent tout ton temps de cerveau disponible.

Même nos ennemis nous doivent tout, Daesh qui remercie Bush de l'avoir créé, grâce à son intervention en Irak, à sa mise en avant de la majorité Shiite Irakienne alors que dans le même temps il faisait les gros yeux aux Shiites Iraniens, que c'était que des méchants. Majorité Shiite choisie contre la minorité Sunnite qui dirigeait avant, humiliée maintenant. En conséquences, en guise de représailles, toute l'organisation militaire, les services secrets Irakiens, sont devenus l'ossature de Daesh... Daesh qui remercie aussi le pays des droits de l'homme, son ex-président bas du cul sur talonnettes, prolongé de son philosophe jaboteux, ami d'Israël, prosélyte de l'idée que ses semblables d'essence supérieure, sont les engrais qui fertilisent le monde... pour leur intervention en Libye, qui lui a permis de compléter son armement irakien, et d'empocher la monnaie de ses banques. Que grâce à eux, des armes, ils en ont tellement, que si t'en veux, ils peuvent t'en vendre pas cher, en fournir à tous ceux qui souhaitent te pourrir la vie, organiser les trafics de drogue, faire joujou en panoplie de terroristes, se suicider en tuant le maximum de monde autour d'eux, pour rejoindre le ciel, où ils pourrons baiser toutes les vierges aux yeux noirs, fabriquées par le barbu universel, vierges qui les attendent sur l'autel des martyrs, les cuisses écartées, pour la divine tournante réservée aux Shahids. Une interrogation, j'espère pour eux que le barbu créateur leur fabrique sur place des vierges canons... Les vierges qui viennent de la terre avec leurs certificats de garantie, celles qui sont montées au ciel sans voir la moindre queue taquiner leur mont de vénus, doivent être sacrément moches. Lorsque tu vois parfois des tas immondes avoir trouvé chaussures à leurs pieds, pots dotés de leurs couvercles, imagine celle dont personne n'a voulu, les vierges par défaut... Quand tu penses que les mecs se font sauter la carcasse pour ces cauchemars... Putain le service chargé de communications des intégristes est super efficace, te vendrait des congélateurs au pôle nord... Les vocables croyant et crédule doivent avoir la même racine...

Les armes récupérées par Daesh, un putain de bon matériel occidental, bénit par la secte chrétienne, par tous ce que la calotte compte de hauts dignitaires, armes à la pointe de la technologie... Ça rassure, être tué par du matériel consacré, te donne ta carte prioritaire pour le paradis, en espérant que personne ne se gare sur ta place réservée. T'as même le petit gros du pays de Lafayette, celui qui vient ramper devant notre ami.... que dis-je, notre complice, notre référence, le grand démocrate Salmane Ben Abdelaziz Al Saoud, qui lui baise, lui lèche les mains couvertes du sangs encore chaud des derniers opposants, la pudeur de ce porteur de ghotra lui interdisant de présenter son cul, de peur de se le voir lécher avec trop d'empressement, ce qui pourrait porter à confusion sur ses orientations sexuelles... pour lui vendre les jolis avions de son ami Serge Bloch du parti « Les Républicains », lui même grand ami d'Israël... Serge dit Dassault qui jouent à faire de l'opposition politique, dans cette république bananière prétentieuse, la démocratie c'est le choix dans le non choix... Bientôt les « Rafales » des Saoudiens, ou des autres bédouins que le gras du bide, le petit baiseur casqué, qui a succédé à l'autre nabot ticqueux du pays des fromages qui puent, leur a vendu, pourront porter les couleurs de l'État Islamique, pour frapper Israël. Avec de tels amis, Israël n'a plus besoin

Baltimore hécatombes / Alain René Poirier

d'ennemis, trop de suffisance chez ses laudateurs inconditionnels... Trop imbus de leur supériorité, ils finiront par causer sa perte.... Business is business. Comprenne qui pourra... Attendons avec impatience Donald Trump à la maison blanche pour atteindre les sommets de la rigolade dans la gestion du monde... God bless America ! Putain que c'est beau la démocratie à l'occidentale, les choix restreints, les propositions tronquées, les cartes truquées, le jeu de rôles.... Putain que c'est exaltant cette démocratie entre un Patriot act et des lois d'exceptions... Même la Chine imite nos exemples occidentaux. Avec la mondialisation, bientôt, un seul peuple exploité, sur une seule planète, par une seule élite... comme disait le démocrate précurseur Adolf : Ein Volk, ein Reich, ein Fürer.... Amen !

Baltimore hécatombes / Alain René Poirier

Chapitre 1

La morte inconnu

Dick repensait à voix haute aux événements de ce début d'année 2015... Constatait que la populace avait la révolte au bord des lèvres, s'en fallait d'un rien pour que ça explose, que ça s'excite, que ça s'exacerbe le côté révolté, que ça s'agglutine, se mélange le grégaire, que ça saccage, que ça barricade, que ça cogne sur tout ce qui représente l'autorité, l'ordre établi, le système, que dans la foulée, ça pille, ça chaparde, ça gaule à droite à gauche, ça choure. La moindre étincelle, la plus petite bavure, un regard trop appuyé, ça te déclenche de la procession, de la manifestation, de la récrimination, de la révolution, tout ce qui rime en ion pour semer le souk, avant de dégénérer, pour que nos lascars s'accaparent de façon peu courtoise, tout ce qu'à longueur de publicités, les annonceurs leur agitent sous le nez. Ils te font le coup de Tantal dans le Tartare, leur demandent de posséder toutes ces inutilités, pour n'être point considérés comme des moins que rien, des minables, des ratés, des exclus, des trous du cul. Qu'en attendant, le rocher, ce sont eux qui vont se le prendre dans les gencives, en boomerang... La provocation insidieuse, si tu n'achètes pas les quotas programmés sur les camemberts Powerpoint des chefs produits, t'es un nuisible, une scorie de la société, limite une engeance à dératiser, à éradiquer, à occire, à trucider, à jeter sur le tas de fumier.... En attendant, on

Baltimore hécatombes / Alain René Poirier

te laisse quand même vivre, survivre... provisoirement, juste un peu par charité, tu sers à faire le nombre des sujets du dominant, t'es là pour lui donner la dorure représentative. Il va de soit que l'on reverra la question, à l'avènement de la dictature ultra-libérale, qu'à partir de cet instant, tu ne serviras plus à rien, ton existence ne sera plus justifié, tu deviendras un poids, un fardeau, une verrue sur le milieu du visage, une vermine, puis un danger. Ils te tireront à vue, légitimés par les lois d'exceptions. Pour le moment, ils te laissent en sursis, la raison... ce ne serait pas rentable pour eux de te supprimer... Avoue, tu l'as bien cherché, t'es foutu de ne pas vouloir payer d'avance la facture de ton exécution. Alors, va te falloir en subir, en supporter, en chier avant de crever...

     Putain d'émeutes hurlait Dick, ses écouteurs sur les oreilles ne lui permettaient plus le feed back nécessaire au contrôle du volume sonore de son gosier.... Malgré tout, sa voix était couverte par le ronflement du moteur V8 de 6 litres de cylindrée, alimenté en éthanol, développant 355 chevaux de sa « Chevrolet Caprice ». Une voiture spéciale police, conçue pour la poursuite. Une caisse de couleur blanche, ornée de bandes parallèles bleues et argentées, collées sous le mot police, avec sur chacune des portières avant, la réplique de son écusson de flic. Une Chevy Caprice PPV qui fonçait à travers la ville, toutes sirènes hurlantes, en direction du stade des Orioles de Peter Angelos. Dick savait qu'il en avait sous le pied, son bolide passait de 0 à 60 mph en moins de six secondes, sa fierté, ce qui lui permettait de prendre des risques, pour remonter le flot des veaux, qui se traînaient à la vitesse réglementaire de 30 mph.... Putain le pied de pouvoir dépasser les files de bagnoles, accélérations, crissements de pneus, coups de freins, appels de phares, coups de volant, dérapages contrôlés, pied droit écrasant alternativement la pédale de droite puis celle de gauche, glissades, pied au plancher écrasant l'accélérateur, bond en avant du fauve

Baltimore hécatombes / Alain René Poirier

qui obéit au doigt et à l'œil, la gloutonne avale les gallons, s'en délecte, l'aiguilles de la jauge d'essence se campe de plus en plus à la gauche du tachymètre.... Sur le toit, une rampe lumineuse de gyrophares à rendre jaloux un sapin de noël de Broadway, un jour de père Noël, les sirènes à fond déchiraient la grisaille de ce matin de début de printemps. Collé sur les oreilles, un iPod shuffle, à fond les potards, lui déversait en boucles, des bolées rauques « d'Eve of Destruction », de Barry McGuire...

The eastern world it is exploding
Violence flarin', bullets loadin'
You're old enough to kill but not for votin'
You don't believe in war but whats that gun you're totin'?
And even the Jordan River has bodies floatin'

Tout ce cirque, cette frime, ce « je te balance mes passe-droits à la gueule », lui déclenchait des montées d'adrénaline.... Il lui arrivait même de se payer en prime une petite érection... Sans l'orgasme final, jamais pendant le service, se pointer sur la scène de crime, la tache humide de sperme qui s'agrandit sur la braguette, avec cette odeur de foutre qui te rappelle le confessionnal, ferait désordre, déjà débouler le jeans poutre apparente devant un cadavre... c'est limite. Dick a du savoir vivre, lui... Pas de bandaison aujourd'hui !

But you tell me
Over and over and over again my friend
Ah, you don't believe
We're on the eve of destruction

Aujourd'hui, sa destination lui renvoyait dans la tête les images de l'arrestation de Freddie Gray, pour détention d'un couteau à ressort, le 12 avril 2015. Freddie était décédé des suites de ses blessures, huit jours après son arrestation. Tu vois le gars décidé à faire chier son monde, fuit ses responsabilités, tu veux lui poser une question, monsieur préfère mourir que de répondre... Sa mort avait déclenché des émeutes devant le stade de base-ball où Dick se dirigeait maintenant... Si ça, ne sentait pas le coup fourré, le complot, la manigance, la provocation...

Baltimore hécatombes / Alain René Poirier

Don't you understand what I'm tryin' to say
Can't you feel the fears I'm feelin' today?
If the button is pushed, there's no runnin' away
There'll be no one to save with the world in a grave
Take a look around you boy, it's bound to scare you boy

    Dick devinait bien l'arnaque. Six de ses copains flics, étaient poursuivis pénalement, parce qu'ils avaient ligoté, façon gigot, ce jeune noir de 25 ans. Leur reprochaient je ne sais quoi, peut être avaient-ils omis de lui fourrer des gousses d'ail dans le cul, je ne sais pas... Si c'est ça, je rassure les biens pensants, les esthètes, les rigoristes, les lecteurs du World's 50 Best Restaurants Guide, les flics étaient de piètres cuisiniers, des analphabètes culinaires, ce qui explique leur oubli, il ne faut pas en plus les accuser de manquer de considérations, sous le prétexte fallacieux que la victime était noire ! Dans le privé, ces gus ne franchissaient jamais le seuil de la cuisine, si ce n'est pour aller chercher une bière dans le réfrigérateur, avant de la décapsuler d'un coup de dents...

And you tell me
Over and over and over again my friend
Ah, you don't believe
We're on the eve of destruction

Le genre de machos qui dominent encore dans la corporation, pas des cordons bleus.... Dès que t'as un uniforme et un flingue, t'as les hormones qui ne se sentent plus, le cerveau qui descend se loger dans le calbut, la réflexion mâle dominant. Pas orfèvres en art culinaire les collègues certes, mais prévenants, délicats, serviables, à la limite... j'irais jusqu'à hospitaliers. Le gus, ils te l'avaient aidé à se coucher sur le plancher du véhicule de police, pour qu'il se repose, reprenne son souffle, après tous les efforts de résistance, qu'il avait fournis pour s'opposer à son arrestation... Tu essayes d'être un brin humain, soucieux de ton prochain, charitable, un bon Samaritain, tu ne récoltes que la médisance, la malveillance, les ragots de fonds de chiottes, la calomnie, te jettent l'opprobre... A l'évocation de bon Samaritain, c'est tout

Baltimore hécatombes / Alain René Poirier

juste si on ne te traite pas d'anti-sémite, d'avoir eu des ancêtres qui jetèrent des ossements humains sous les portiques du temple, lors de la Pâque, à l'époque du procurateur Coponius. Putain je n'aurais pas dû prononcer le mot Samaritain, une insulte dans la bouche des Juifs, pour ce peuple qui sauva la vie de l'homme venant de Jérusalem, se rendant à Jérico, qui fut blessé par des brigands.... Malheureusement, un coup de frein brusque, avait projeté la tête du jeune afro-américain contre les parois du fourgon. Il s'était brisé les cervicales ce con. Devait être décalcifié à force de s'empiffrer de pizzas, de cheeseburger, de sucreries liquides à bulles... Il y a des jours, quand ça ne veut pas, ça ne veut pas.... A qui la faute, pour la foule d'insatisfaits congénitaux, de jamais contents, qui votent comme des cons pour des cons et s'étonnent d'être dirigés par des cons ? Au constructeur du fourgon, qui l'avait équipé de freins trop brutaux ? Aux vendeurs de Pie Five Pizza, aux Hooters Bars pour leurs burgers, à Coca-Cola pour ses breuvages pétillants trop caloriques, à toutes ces putains de fast-fooderies qui ne permettent pas un apport suffisant en vitamines D et en calcium ? Peau de balle et balais de crins, de la faute aux collègues qui avaient pris soin de le laisser se reposer, reprendre son souffle, se refaire une santé... Faisaient des Rough Rides, qu'ils disaient, avaient découvert l'expression, maintenant s'en gargarisaient, se la répétait en boucle, le grégaire reprenait ses droits. Cette foule vitupérant les collègues, suivant aveuglément quelques meneurs. Une foule ce n'est surtout que des pieds, quelques bras et peu de cerveaux... Elle gueulait Rough Rides, Rough Rides sur l'air des lampions, à s'en égosiller, à s'en époumoner, leur haine fondait sur la flicaille tel le vol de sansonnets sur un plaqueminier chargé de fruits oranges, en fin d'automne. D'après ces calomniateurs, les flics auraient précipité sans ménagements le Freddie à l'arrière du fourgon, sans l'attacher à l'aide de la ceinture de sécurité adéquate, puis avaient démarré en trombe, pris des virages sur les chapeaux de roues,

Baltimore hécatombes / Alain René Poirier

conduit délibérément de façon brutale, pour qu'il soit brinquebalé, qu'il se cogne sur les parois comme une boule de pinball Swing Along sur les bumpers, recherchant le Tilt, se fichaient comme d'une guigne de claquer des parties gratuites, n'avaient aucune envie d'obtenir l'extra-balle... L'auraient fait exprès, pour le blesser, le meurtrir, le commotionner, l'attendrir comme il est nécessaire pour ces steaks McDonald's, taillés dans les morceaux de plat-de-côtes, pour les rendre comestibles, avant de le passer à la question ! Tu vois la perfidie, le complot, la cabale... Pour notre malheur, Freddie était de peau noire, les collègues plutôt blancs de peau, que sans le faire exprès, lors du coup de frein, l'un d'eux, déséquilibré, avait peut être, sans penser à mal, marché sur la gorge du jeune homme, ce qui expliquerait la trachée écrasée... De la faute à qui ? pour cette foule gavée de cette sensiblerie feinte, qui prédispose au lynchage. Au constructeur du fourgon qui ne prévoit pas un éclairage suffisant permettant de bien distinguer le jeune noir allongé dans la pénombre de leur véhicule ? Que nenni, toujours de la faute aux collègues... Si ce n'est pas de l'acharnement, saupoudré de mauvaise foi, sur un lit de subjectif... S'en était suivi une manifestation de plus de mille personnes, devant la mairie. De soit disant amis de Freddie, ils se revendiquaient comme tel. Quand le temps de foutre la merde arrive, s'en découvre des amis le lascar, en tombe de partout, dommage qu'ils n'étaient pas autour de lui de son vivant... Ils ont tenu plus d'une heure et demie, à faire le pied de grue, à hurler au racisme, aux résurgences de l'esprit qui régnait au temps de l'esclavage, à toutes ces conneries dégoulinantes de mièvrerie, agréables en bouche, valorisantes à l'oreille, qui font jolies au royaume de Bambi, juste pour faire leurs intéressants. Paroles, paroles... Ils n'ont que ça pour exister, rien d'autre ne peut les mettre en valeur, les distinguer, les sortir du lot, en faire des exemples, des modèles, des sujets d'admiration.... Juste une réunion de

Baltimore hécatombes / Alain René Poirier

médiocres, de ternes, de communs, de tout petits, de vulgaires, de manipulés par des communistes, des islamistes, des droits-de-l'hommistes, ou autres saloperie en « istes » que je te dis. Ils réclamaient la justice, leur justice... Mais quelle justice, bordel de merde, je te le demande un peu ! Tremblent de trouille, chient dans leur froc au moindre frémissement de feuilles, tirent sur tout ce qui bouge au plus petit tintement d'une clochette de muguet, panurgent comme des ouailles, grégarisent pire que des krikets, se fortifient mutuellement la connerie, s'excitent en rondes l'intolérance, se caressent dans le sens du poil le « y-a qu'à », le « faut qu'on », après viennent te donner des leçons de démocratie, d'humanité, parés de tous ces trucs poisseux de niaiserie que tu vois dans les films de Disney, leur Kritik der reinen Vernunft, leur Capital, à eux... Puis le cortège s'était ébranlé vers le stade de base-ball. Comme toujours depuis l'arrivée des GSM, t'avais même dans cette foule des gus qui avaient filmé l'arrestation. Te dégainent le smartphone, plus rapidement qu'un exhibitionniste son sexe devant une école d'esthéticiennes prothésistes ongulaires. Sur ces vidéos, tu voyais Freddie maintenu à terre, se tordant de douleurs, un collègue obligé de lui mettre un genou sur la gorge pour le maîtriser, le gus gueulant qu'il était asthmatique, qu'il ne pouvait plus respirer, qu'il voulait son bronchodilatateur... Si le collègue a le genou un peu lourd, c'est de la faute à la fastfooderie, pas assez payé pour se goberger de filet de bœuf carottes vichy, de homard poché pointes d'asperges ou d'œuf coque caviar à la petite cuillère, peut juste s'acheter de la pizza et des big-burgers chips.... Une fois de plus, tu vas voir que la responsabilité va lui retomber sur le dos, ça va être de sa faute... Je te demande un peu d'objectivité, avant de hurler avec les loups, que c'est une honte que les collègues n'en aient pas tenu compte, et que patati et que patata.... Les yeux dans les yeux, est-ce qu'un bronchodilatateur fait partie intégrante de l'équipement des policiers de Baltimore ? Oui ou Non ? Deuxième question, qui

Baltimore hécatombes / Alain René Poirier

fait la grimace devant sa feuille d'impôts lorsque Antony Batts, le chef de la police, demande des équipements supplémentaires ? Le citoyen ou le policier ? Tu la ramènes moins quand t'as le groin dans ta merde, quand tu te prends la réalité dans la tronche... Sur le film du smartphone, Freddie était porté vers le véhicule de police, tiré par les dessous de bras, feignant de ne pouvoir marcher, finalement, chargé dans le fourgon. Quel comédien ce mec, putain, il le joue à la perfection, bon à la première prise, coupez, elle est bonne, pas la peine de la refaire, on n'aura pas mieux, c'est dans la boîte.... Un super plan-séquence. Ce n'est pas à Baltimore qu'il aurait dû vivre le gus, c'est à Los Angeles, se goinfrait l'Oscar du meilleur rôle masculin. C'est beau le progrès technique, mais pour foutre la merde, c'est de première... Dick se souvint, Stéphanie Rawlings-Blake, la maire noire de Baltimore, imposa un couvre feu, les manifestants s'en battirent les couilles, surtout les hommes, les femmes se contentent de n'en point tenir compte. Larry Hogan, le 62 ème gouverneur du Maryland, un gros blanc de peau et de cheveux, avait déclaré l'état d'urgence... La garde Nationale du Maryland était intervenue... Ces bêlants pacifistes eurent à leur actif 144 véhicules incendiés, 15 immeubles brûlés, 20 policiers blessés... Il y eut 235 arrestations... Un enterrement de délinquant qui a coûté la peau des fesses aux contribuables ! Heureusement, les bons citoyens savent mourir plus économiquement... Pendant les émeutes, des hélicoptères filmaient en direct, volaient en stationnaire le long du musée « Des légendes du sport » et de la billetterie du stade. A la télévision tu voyais leurs images en temps réel. Dessus les écrans HD, des jeunes à capuches canardaient les flics à coups de bouteilles de soda, de canettes... De la vraie télé réalité, ça te donnait une envie folle d'y participer, le côté festif, happening, l'envie de voir quelques secondes ta tête sur l'écran, profiter de ton quart d'heure de gloire, comme le prônait l'adepte de la danse de Saint Guy... Chlorée de Sydenham pour les tatillons... Cet

Baltimore hécatombes / Alain René Poirier

Andy Warhol, qui échangea pour le peuple, la révolution nécessaire à l'humanité pour arracher quelques fragments de dignité, contre 15 minutes de télé-réalité, point culminant de l'affichage urbi et orbi de sa médiocrité. C'est dès cet instant que le monde a basculé, le peuple est monté dans la bétaillère, en voiture pour la descente vers l'animalité, les ceintures se sont bouclées, la pente s'est accentuée, ce con de Warhol a cisaillé les freins, sous couvert de modernité, la masse a foncé tête baissée vers l'abîme, sous le regard satisfait de l'élite privilégiée. La connerie a envahi le monde, orchestrée par quelques élus qui se croient choisis par Dieu. Le meilleur moyen pour anesthésier un peuple, c'est de lui faire croire à travers d'autres vecteurs que l'État, qu'il compte, du moins que chaque individu qui le compose est unique et aura droit à l'expression de sa singularité pendant au moins un quart d'heure... Putain d'enculé de décoloré, sous ses airs de progressiste, ce gourou underground, créé par l'élite, a distribué la vaseline pour que le peuple se fasse enculer par la petite caste... La Factory où tu devais entrer anonyme pour en sortir SuperStar, cette idée de démocratiser la célébrité n'a fait qu'accélérer le rythme de la machine à rendre con, le droit de paraître te détourne du droit d'avoir, partage le virtuel pour ne pas avoir à partager le réel, les grains d'ego ont lubrifié les rouages, la fabrique a produit des cons à la chaîne, ne regardent plus la lune, admirent juste le bout du doigt, retournent au tribal, se tatouent, se piercinguent, se plument dans le cul, se foutent des os dans le nez, se scarifient, t'échangent leur or contre de la verroterie, te font la danse de la pluie à la place de la carmagnole... Le système te sort toujours de son chapeau des réformistes petits bras, pour éviter les révolutionnaires, Jésus pour éviter Spartacus... La réforme, tu peux toujours revenir en arrière, le système reste en place, la révolution elle, redistribue les cartes, le retour aux positions antérieures est plus périlleux.

Nos gus, sur le plasma des écrans géants, dévalisaient la

supérette pour s'approvisionner en bouteilles et canettes. Pour les cannettes transformées en projectiles, la meute préférait Coca à Pepsi.... Muhtar Kent devait être le fournisseur officiel de l'émeute, Coca est toujours présents autour des événements sportifs. J'ai souvent prétendu que le Coca était dangereux pour la santé, déjà dans l'estomac... mais dans une canette que tu reçois en pleine gueule.... Sur l'écran, en réponse à la demande de garder leur calme, qui leur avait été faite, t'en avais qui cassaient des vitrines, lançaient sur les collègues tout ce qui était à portée de main. Certains profitaient de la confusion pour piller les magasins, casser des vitrines, s'appropriant leurs contenus. Ils construisaient ensuite des barricades pour bloquer les carrefours... Un pauvre quidam, dans sa voiture, a vu son pare-brise traversé par une pierre... Putain, tu pouvais dire que ça chiait grave, le grégaire stimulait la surenchère...

La prochaine fois, pour éviter les risques de bavures, nous laisserons les jeunes manifestants poignarder des innocents. Nous nous en laverons les mains, comme le citoyen romain de la classe équestre, ce préfet de Judée... Cette foule qui fait la morale à tous bouts de champs, est celle qui a fait libérer le meurtrier Barabbas à Pâques, condamnant le mythomane innocent... Innocents, innocents, c'est vite dit, si tu fouilles, tu trouves toujours des trucs pas très clairs... Le bénéfice du doute, présomption d'innocence, allez, je suis bon Prince, circulez, je ne veux rien voir...

Tes manifestants pro-Freddie sont capables de venir gueuler au laxisme, au manque de sécurité, à l'inefficacité de la police, à toutes ces conneries, si tu n'interviens pas... les mêmes que ceux venus défiler, en processions tortilleuses de fions, pour la mort de Freddie, ceux qui te reprochaient l'intervention... Sont pas à une contradiction près, du moment qu'il y a une caméra pour filmer leur logorrhée... Les bavures, les bavures !... Qu'ils se mettent face à des mecs qui ne veulent pas se laisser choper, qu'ils essayent de leur demander gentiment de tendre leurs petits

Baltimore hécatombes / Alain René Poirier

poignets, avec les mimines au bout, pour se faire passer les menottes... Laisse les essayer le truc, on en rediscute après ! Pense à leur demander de compter leurs dents avant et après l'opération... Le différentiel les fera changer de camp. Qu'ils réfléchissent deux minutes pour une fois, s'il n'y avait pas de délinquants, il n'y aurait pas besoin de forces de l'ordre, que c'est en protégeant ces gus, en leur trouvant toutes les excuses du monde, celles qui te font briguer le prix Nobel des Bisounours, que donnent les nantis, ceux qui profitent bien du système, des privilèges qu'ils réservent à leur clan, qui ne veulent rien changer, juste pérorer, déglutir quelques bons mots, mots qui leur font pousser l'auréole au dessus de leurs faces de faux-culs, pour détourner l'attention des victimes sociales sur une autre cible qu'eux. Ces cons d'êtres supérieurs, aveugles et sourds aux aspirations du peuple, nous conduisent petit à petit vers des états totalitaires libéraux, ils suicident la démocratie.... La poignée de pseudos révoltés, protégés par les gentils manipulateurs, la gueule débordante d'idées généreuses, finiront aussi par piller les magasins. La raison, le motif, la justification n'a aucune importance... Seul le résultat compte... Te foutent le bordel dans tes compartiments de pensée, d'un côté t'es content qu'ils s'attaquent aux symboles les plus provocateurs de la société de consommation, de l'autre ces pourris justifient les lois d'exceptions, le renforcement du système, sa glorification, sa seule possibilité... A qui profite le crime ? Ont trop peur que l'idée d'anarchie, l'ordre sans l'autorité, ne fasse son chemin dans les esprits. Tiennent à associer anarchie et bordel, le réflexe de Pavlov, déclencher de la peur juste à l'audition du mot, ne pas laisser le raisonnement s'exprimer, ont peur du cognitif, trop porteur de risques révolutionnaires. L'anarchie suppose des peuples éduqués, capables de sens critique, d'intérêt général, en un mot, d'intelligence, et là, même l'idée leur est insupportable, comme leur est intolérable l'idée d'absence de hiérarchie, de

Baltimore hécatombes / Alain René Poirier

postes de commandement à eux réservés... Grâce à l'Anarchie, plus besoin d'armées, de flicailles et autres tortionnaires, de gros et gras pseudos représentants du peuple, de parasites injustifiés. Imagine la baisse d'impôts qui en résulterait... la ruine des marchands d'armes, la faillite des usines à donner la mort... A cette société possible, ils opposent celle de la consommation. A l'individualisme prôné pour la favoriser, tu ajoutes l'inculture, l'abêtissement des masses, l'accroissement irraisonné de la population pour une putain de croissance imbécile, et tu cours inexorablement vers le fascisme... Sur une planète finie, si vous êtes dix et qu'il n'y en a que pour trois, tôt ou tard, les trois vont faire en sorte que les autres n'aient aucune chance de leur piquer la place, ils les contraindront à rester dans leur misère, en feront leurs animaux de traits, ou les supprimeront lorsqu'ils ne leurs seront plus d'aucune utilité. L'intelligence artificielle arrive, le temps des masses contraintes à l'oisiveté se profil, combien de temps accepteront-ils de subvenir à leurs besoins minima, en les parquant dans le virtuel. Progressivement le numérique les conditionne, la masse relève de moins en moins la tête pour regarder l'horizon, elle se contente de la baisser pour rêver sa vie sur des écrans. Leur seul avenir envisagé, hypnotique, dormez je le veux.... le réveil serait destructeur, un jour, si la situation leur échappait... Si le peuple prenait conscience que pour se préparer à l'arrivée inéluctable des robots et de l'intelligence artificielle, il faut changer d'époque, le capitalisme est mort, le « travaillez plus » est une notion du vingtième siècle, idiote, dépassée, fruit de cerveaux sans idées, des neurones à l'imaginaire plat, plus de mise au temps du numérique. Il n'y a qu'une solution, supprimer les états, abolition de l'argent, créer une coopérative mondiale qui gérera le monde, où chaque humain devra être actionnaire à parts égales avec ces frères, le partage des richesses suivant les besoins réels, l'éducation que permet le numérique permanente, adaptée à chacun... Sinon, le chacun pour soi, sera la mort de

Baltimore hécatombes / Alain René Poirier

l'humanité... Boris Vian (Vernon Sullivan) a écrit « ON tuera tous les affreux » peut être pour sauver l'humanité faudra-t-il se résoudre à tuer tous les cons.... ça changera des innocents de maintenant.

Dick arriva sur Russell ST, prit à droite la route réservée aux véhicules de service, sur l'arrière du stade. Il gara sa Chevrolet, longea le Camden Yards Sport Complex des Orioles, s'avança vers un attroupement au niveau du 459 West Camben St. Un troupeau de bipèdes de tous sexes se coagulait, les yeux écarquillés, fixant dans la même direction, pour ne pas perdre une miette du spectacle. Derrière les rubans de scènes de crime, qui les tenaient à distance, une femme gisait nue, dans une marre de sang, étendue sur le dos, au bord du trottoir. Derrière, les curieux se bousculaient, jouaient des coudes, leur Graal, atteindre le premier rang. Ils brandissaient leurs smartphones pour photographier le cadavre, tu te serais cru à un concert pour jeunes pré-pubères en rut, qui mouillent leurs cordes de string devant l'acné de Justin Bieber.

Dick retrouva Jim. Jim au volant de sa Ford Crown Victoria Police Interceptor l'avait précédé de quelques secondes.
-Salut Jim, t'as pris un raccourci ?
-Je zonais dans le coin quand j'ai reçu un 1.8.7.... suis moi, on y va.
Jim, plus grand d'une bonne tête, ouvrait la voie. Dick, de fort mauvaise humeur, suivait en gueulant:
-Police dégagez, il n'y a rien à voir, allez, dégagez, dégagez, bandes de voyeurs. Sont capable de faire des selfies de leurs trognes souriante, à côté du cadavre, des malades, des vautours prêts a se repaître d'une charogne, à lui bouffer le foie, sont capables de tourner une vidéo d'eux, se masturbant devant le cadavre à poil, qu'il publieront sur Youporn !

Maxou qui écoutait les fréquences de la police sur son Unident BCD436HP Homepatrol Series Digital Handheld

Baltimore hécatombes / Alain René Poirier

Scanner avait, avec sa Harley Davidson Street Bob, suivi Dick. Maintenant, à distance respectable, il leur emboîtait le pas.

Maxou la vingt-cinquaine sans attrait, travaillait pour le Baltimore Sun, un quotidien local. Timothy E Ryan, le rédac-chef venait de l'embaucher pour couvrir les faits divers. Il s'était vu forcer la main par la famille de Maxou, des financiers de Legg Mason. Maxou habitait dans les quartiers chics, le 10 Inner Harbourg qui dominait la ville de ses 720 feets. Arrivant enfin sur la scène de crime, Dick et Jim aperçurent le corps nu de la jeune femme baignant dans son sang.

-On sait qui c'est ? Questionna Dick à la cantonade.
-N'a pas fait tatouer son nom sur sa peau, je n'ai pas trouvé de journal dans son intimité, ironisa le légiste qui ne portait pas Dick dans son cœur.
-Drôle le coup du journal intime, tu devrais faire du Stand Up. T'as d'autres infos, interrogea Dick, agacé par la réflexion.
-C'est une femme de sexe féminin, relativement jeune...
-Si tu n'as que ce type de conneries à me balancer je préfère me tirer... ciao...
-C'est du gâchis, une femme aussi mignonne, gaulée comme une déesse, un corps à faire bander le vieux Benoît XVI sortant de confession, pouvait encore servir des années sans retouches, ajouta Jim, qui trouvait la jeune femme à son goût.
-Jim, elle est morte, calme toi, marmonna Dick, détends toi, ça se voit d'ici qu'elle est à ton goût !
-Je peux donner mon avis, imagine la en jupe moulante, chemisier décolleté, soutien gorge push up, string tulle brodé, porte-jarretelles, bas à coutures, escarpins, devait être sacrément bandante....
-T'es pas possible Jim !

Le légiste et la scientifique étaient sur place depuis plusieurs minutes, engoncés dans leurs tenues de cosmonautes où de garçons capilliculteurs visagistes, accoutrements qui faisaient

Baltimore hécatombes / Alain René Poirier

habituellement sourire Dick. Mais là, Steve, le légiste, commençait à sérieusement lui courir sur le haricot, avec ses piques de roquet arrogant.
-Alors les gars des indices ? questionna Jim, se tournant vers la scientifique, qui effectuait des prélèvements, posait des petits panneaux numérotés, photographiait le moindre indice.

Laura assistant malgré elle à la joute, si elle n'était pas devenue cadavre contre son gré, aurait haussé les épaules, puis soupiré devant des questions aussi stupides, attristée par cette rivalité entre Dick et Steve, des jeunes coqs qui s'écoutent pousser les ergots,.... Son âme, qui planait au dessus par curiosité, finit par se dire qu'en définitive, vivante, s'il fallait entendre de pareilles conneries, elle se trouvait mieux morte.
John, le chef de la scientifique, toisa Jim avec un rictus de mépris, avant de lui répondre sèchement.
-Tu liras tout dans mon rapport, Jim, trop tôt pour se faire une idée précise, je constate, j'analyserai au labo plus tard, chaque chose en son temps, ne mettons pas la charrue avant les bœufs.
-Pas mieux gloussa Steve, qui ne perdait pas une occasion d'envenimer les choses, tu trouveras tout ce que je sais dans ma prose, demain sur le bureau de Dick.
Dick haussa les épaules en grommelant quelques « fucking son of a bitch », puis se tourna vers Jim, pour lui marmonner : se la pètent comme d'ab' ces cons... Regardent trop les séries policières à la télé, prennent le melon avec leurs écouvillons.

Dick observa le corps de la jeune femme, étendu sur le dos. Il admira la profondeur de ses yeux, yeux d'un bleu à donner l'envie de passer sa vie à nager nu dedans, de se laisser flotter, ne plus penser à rien, se contenter de vivre, léger, léger... Dans son imaginaire, il vit passer des palmiers, des poissons multicolores, des colliers de fleurs...
-Ne reste pas là, tu gènes pour notre travail...
La voix d'un gus de la scientifique le ramena à la réalité. De sa

main gantée, il ferma les yeux de jeune femme, de peur de se noyer dans leur immensité. Il poursuivit son investigation, son regard descendit le long du corps, il observa des seins naturels, fermes, obéissants aux lois de la pesanteur, des seins qui ne restaient pas comme des cons à pointer le ciel du haut de l'arrogance de leur silicone. Un couteau planté sous le sein gauche, source qui alimentait la marre de sang. Un ventre plat couvert d'un très léger duvet d'or, brillant aux rayons obliques du soleil. Un triangle prouvant que sa blondeur capillaire ne devait rien à l'industrie des cosmétiques. Des cuisses musclées sans excès. Des jambes bien dessinées, pas le genre de cannes de serins de ces mannequins qui peuvent porter des poules vivantes au marché, sans risquer de se faire chier sur les mollets. Des pieds grecs aux ongles vernis vermillons.
-Tu ne vois rien de spécial ? Jim.
Jim secoua la tête pour répondre par la négative.
Dick et Jim fendirent la foule de voyeurs dans l'autre sens, pour aller observer les environs, écartèrent un jeune importun qui debout sur la selle de sa moto filmait à l'aide d'une caméra frontale.
-Qui est ce gus, une moto immatriculée au Delaware...
-Certainement un de ces blogueurs. Ils pensent s'enrichir grâce à leur curiosité morbide, leurs conneries, se voient reporters, conseillers, comiques, pour mettre en ligne leurs exploits sur Youtube, et gagner de l'argent grâce aux pubs associées à leurs vidéos.
-A propos de vidéo, faudra vérifier si cette caméra de surveillance du stade a enregistré quelque chose, marmonna-t-il en levant les yeux.

      Maxou les suivait toujours, il restait à l'affût de leurs moindres paroles, leurs plus légers murmures, l'oreille perpétuellement aux aguets... Tout ce qu'il pouvait surprendre se retrouverait demain en page quatre du Baltimore Sun. Maxou

Baltimore hécatombes / Alain René Poirier

commençait à gonfler sérieusement Dick, qui se montrait de plus en plus démonstratif à son égard. L'envoyait chier sans ménagements à chacune de ses interrogations, en bonus, lui aurait bien foutu son poing dans la gueule, comme ça, pour se détendre, s'il n'avait craint de déclencher une nouvelle émeute. Le journaliste débutant, fier comme un jeune paon qui a enfin réussi sa roue, se prévalait du premier amendement de la constitution de 1791, qu'il lui envoyait dans les gencives.
-Il est interdit au Congrès de limiter la liberté de religion, d'expression de la presse ou le droit de s'assembler pacifiquement. Que si le Congrès ne pouvait le faire, ce n'est pas un petit policier d'un bled paumé comme Baltimore qui m'interdira de faire mon métier.
-Vas te faire mettre avec tes amendements, connard !
      Pour apaiser les tentions, faire tomber la pression, Dick et Jim se dirigèrent vers Washington Boulevard. La devanture verte du pub se détachait sur le rose des briques des bâtiments du stade de base-ball. Il entrèrent dans le Pickles Pub, une salle coupée en deux par un grillage vert, pour séparer les supporters les soirs de matchs, grillage que tu vois autour des jardins. Publicités de boissons accrochées aux murs de briques bruts, peints en noir, des tables brun noir pour l'unité des couleurs. Ils s'installèrent à une table de quatre.
-La porte n'avait pas eu le temps de se refermer derrière Dick et Jim, que Maxou entra dans le pub pour s'installer à la table qui les jouxtait.
-Jim, l'œil de Moscou est arrivé.
-Plus collant que du papier tue-mouche ce mec !
  Dick et Jim commandèrent chacun une National Bohemian Beer... Bien que la brasserie de Baltimore n'existe plus, que la bière soit maintenant brassée en Pennsylvanie voisine, la Natty Boh restait populaire à Baltimore. Se sachant écoutés par le journaleux, Jim et Dick n'évoquèrent pas l'enquête en cours,

Baltimore hécatombes / Alain René Poirier

parlèrent de la campagne des primaires, échangèrent quelques banalités sur Clinton et Sanders qui se liguaient contre Trump, l'accusant d'être le meilleur recruteur de Daech, puis évoquèrent le sondage qui donnait qu'un électeur républicain sur trois était pour le bombardement d'Agrabah*, ce qui donne une idée des connaissances géostratégiques de ces gens voulant régenter la planète. Jim arrêta de siroter sa bière quelques instants pour regarder les informations du Breaking News distillées par Fox News, on y voyait des files de réfugiés Syriens entassés à la frontière Turque.
-Dick, regarde un peu tous ces gus qui ne savent où aller, qui font pleurer dans les chaumières, avec ces enfants qui pataugent dans la boue, ces femmes enceintes qui dorment à même le sol, dans le froid.... Le plus marrant, comme en Afghanistan, c'est nous qui avons foutu le merdier, les Irakiens peuvent remercier Bush d'avoir fait tuer leur tyran, de les avoir mis entre les mains des islamistes.... rigole, ce sont ces cons d'européens qui en payent le prix, regarde sur Fox News, ce soit disant cinéaste de France, qui avait soutenu vigoureusement l'intervention de Bush en Irak, ce Romain Pierre Charpentier, qui se fait appeler Goupil, ce gus qui pleure sur le sort indigne que son pays réserve aux réfugiés... Réfugiés résultants de la politique qu'il a soutenu contre son président de l'époque, qu'il a contribué à créer, je me demande s'il n'a pas les couilles entre les mains de la CIA, elle lui finance peut être ses films... Putain au bal des faux-culs tu ne manques pas de cavaliers, comme leur Bernard-Henri Lévy ce pseudo sauveur de la Libye... pour quelle réussite... Regarde les British, qui nous ont suivi comme notre ombre, pour dézingué les dictateurs qui ne voulaient pas marcher dans nos combines, ce sont les seuls qui s'en sortent, sont sur une île, ils font faire le boulot de protection de leurs frontières par leurs voisins, chez eux, sur le continent...
-Sont cons ces Européens, se croient nos amis, sont juste nos

Baltimore hécatombes / Alain René Poirier

clients, s'imaginent nos égaux, ne peuvent prétendre qu'au rang de colonies. T'as leurs chefs qui viennent faire des selfies avec Obama, Bush, où la marionnette en cours de validité à la White House, pour jouer les importants chez eux, viennent recevoir l'onction, se faire adouber, échanger nos verroteries contre leurs richesses, sont prêts à venir avec une plume dans le cul, si tu leur demandes... En échange, rentrés chez eux, vont faire le lobbying pour nos produits, nos multinationales. Le gros tout mou de France, à sa première visite, lèche cul comme un Fan qui vient toucher son idole back-stage, s'est engagé à accélérer les négociations pour signer le plus vite possible le TTIP qui va ruiner son industrie et son agriculture... Ces cons nous mangent dans la main, même si les graines présentées sont transgéniques et baignent dans les pesticides, font croire à leurs peuples que nos intérêts sont les leurs... Pas belle la vie ?

En sirotant leur Natty Boh, Dick et Jim décidèrent ensuite d'aller examiner les vidéo de la caméra, celle repérée en quittant la scène de crime. Bières bues, rots expulsés, ils se levèrent dans un mouvement coordonné lent et majestueux, en passant devant Maxou, ils prirent soin de ne pas le regarder, l'œil fixant l'horizon, la moue exprimant l'homme sûr de lui, qui maîtrise toutes les situations. Jim, d'un coup de hanche d'une grande élégance, bouscula la table du ramasseur de ragots, lui renversant le contenu de son verre de bière sur le pantalon. Le fouille merde, recula sa chaise pour éviter le plus gros des flots, sans obtenir le moindre succès, il jura comme un charretier voulant stimuler un cheval fourbu, en leur lançant un œil noir qui semblait déjà porter leur deuil. Par esprit d'imitation, Maxou avait aussi commandé une National, bière pour humidifier sa gorge, rafraîchir son estomac, se mélanger dans ses veines et artères, visiter les rognons, avant de ressortir, conduite épurée par l'urètre, de l'intérieur de son sexe. Cette fois-ci, elle avait sauté les étapes, court-circuité les reins, snobé les néphrons,

Baltimore hécatombes / Alain René Poirier

s'affranchissant des glomérules et tubules, pour rejoindre sa verge... par l'extérieur...
-Comme ça, le Politzer des tavernes, ta bière ne te restera pas sur l'estomac, tu l'as dans le pantalon, tu peux laisser tes couilles faire la planche, ta bite s'adonner à la brasse papillon, vont se croire à San Francisco, question fraîcheur, ça rivalise bien avec Baker Beach, non ?... ironisa Jim...
Petite vengeance aussi pour Dick qui lui lança à son tour....
-Alors le Maxou, tu mouilles comme une starlette devant un producteur de sitcom... Si tu ne peux pas te contenir, emmaillote toi le cul d'Always Discreet ! Bien que tu sois incontinent, tu n'es pas l'Amérique à toi tout seul....
      Ce Maxou avait vraiment une tête qui ne lui revenait pas. Dick et Jim repartirent vers le Camden Yards Sport pour visionner l'enregistrement de la caméra de surveillance repérée. Dick fit appeler le chef de la sécurité du stade de base-ball. Une seule couvrait la zone correspondant à l'endroit où le cadavre avait été retrouvé. De longues minutes de visionnage en accéléré. Peu de passages intéressants... juste à un moment, vers 10H03 pm, des fétichistes certainement... on voyait distinctement un grand noir sodomiser un gros blanc déguisé en pompier, ce dernier penché en avant, avait les mains appuyées sur la photo grandeur nature du lanceur C.J. Reifenhauser. Personne jusqu'à 11H07, là une Chevrolet Camaro 2016 se gara devant l'affiche de Andy Wikins, joueur de champ intérieur, la portière conducteur s'ouvrit et l'on vit distinctement une jeune femme se masturber devant la photo du joueur dont le départ pour les Brewers de Milwaukee était annoncé.... un cadeau d'adieu sans doute. Rien de notable jusqu'à 11H48 pm, où une camionnette se gara à cheval sur le trottoir. Dix minutes plus tard, la porte arrière s'ouvrit, malheureusement la caméra filmait la camionnette par l'avant. 11H58 pm, la camionnette démarra et là, le cadavre de la femme apparu sur le sol, couvert de sang. Il n'y a pas eu de lutte.

Baltimore hécatombes / Alain René Poirier

Étrange ce sang frais. La femme avait peut être été droguée pour ne pas réagir. Jim remarqua une Oldsmobile Silouhette équipée d'une de ces caméras Roadeyes que l'on voit fleurir maintenant, juste derrière l'endroit où avait stationné la camionnette.
-Jim tu relèves l'immatriculation de cette putain de caisse, c'est notre seule chance, avec un peu de pot, la caméra était en mode parking, faut retrouver le propriétaire de cette bagnole, si sa caméra a filmé la scène.... Curieux que personne n'ait remarqué le corps avant ce matin....
-Normal, pas un chat n'habite cette putain de rue derrière le stade, t'as que des boutiques et des infra-structures pour le business lié aux base-ball, observa finement Jim. A part des obsédés, des fétichistes et des pervers, qui veux-tu voir se pointer dans un coin où il n'y a rien, à côté le désert de Sonora fait plus peuplé... en dehors des jours de matches.
-Jim, nous retournons au bureau pour faire le point sur ce que nous avons comme éléments, prendre un peu de recul, examiner chaque détail, commencer à assembler le puzzle.

*Info pour les républicains : Agrabah est la ville principale de l'histoire du film d'animation Aladdin de Disney, aller la bombarder nécessiterait de revoir le scénario, impliquerait les gens de Star War... ce qui n'ai pas aussi simple que ça à réaliser.

Baltimore hécatombes / Alain René Poirier

Chapitre 2

La seconde victime

Dick, assis derrière son bureau depuis une bonne heure, examinait les photos du cadavre, recherchant le moindre détail, le plus petit indice, en mâchonnant nerveusement un Montecristo petit Edmondo. Il avait également reçu les coordonnées de la propriétaire de l'Oldsmobile Silouhette, une certaine Amy Sheinin... Il attendait Jim, ce couche tard, doublé d'un lève pas tôt. Jim avait traîné la nuit précédente autour du stade, pour y renifler l'atmosphère, observer les habitués éventuels. Un intuitif le Jim, se fie à son flair, se met en arrêt devant le moindre indice, je me demande s'il ne remue pas la queue lorsqu'il en débusque un, pour montrer sa satisfaction. Jim avait fini sa nuit en ramassant une gogo danseuse du Angel's Rock Bar en passant devant le 10 Market Pl. L'uniforme lui donnait des privilèges, des facilités, pour un homme qui aime donner de sa personne c'est joindre l'utile à l'agréable. Il se pointa enfin, le cheveu hirsute, l'œil cerné par une nuit trop courte, pas forcément consacrée au sommeil... Jim avait la phényléthylamine qui primait sur la mélatonine, il aimait se shooter à l'ocytocine, un véritable accroc.
-Jim, j'ai l'adresse de la bagnole vue sur la vidéo de la caméra de surveillance, une certaine Amy, elle habite les quartiers chics, vas te filer un coup de peigne, rince toi les ratiches, nous y allons !
Chacun son véhicule, pour plus d'efficacité, on ne sait jamais ce

Baltimore hécatombes / Alain René Poirier

qui nous attend dans cette ville... Nous nous suivons, en liaison radio permanente, cap sur le 111 west Lee St. Nous arrivons dans une rue bordée d'arbres, la maison recherchée est en briques, trois niveaux, fenêtres à petits carreaux, micro jardinet devant. Je consulte internet, elle vient de se vendre pour un million de $, m'indique mon écran. Nous allons devoir nous essuyer les pieds avant d'entrer, le prix d'une demeure est souvent en relation avec la maniaquerie de ses propriétaires, tu rencontres plus de mecs bricolant leurs motos dans le salon des baraques à 150,000$ que de pétés de tunes effectuant la vidange de leurs limousines dans la family room, lorsque la baraque dépasse le million de $. Il est nécessaire de préciser que t'y trouves souvent un garage accolé et le chauffeur qui va avec la caisse. Si la propriétaire nous invite pour le thé, faudra être à la hauteur question distinction, ne pas faire tache. Je m'entraîne à redresser mon petit doigt, mimant la prise de tasse. Par radio, je vanne Jim.
-Jim, t'as vu la baraque, tu vas avoir droit au thé pour distingués, peu de chances que ce soit le genre à te filer une bière Budweiser, je veux dire une America, à trinquer bouteille contre bouteille, avant de la boire au goulot, la manche en guise de serviette, et l'éructation finale qui remercie, accompagné du dégazage odorant qui exprime ta reconnaissance.
-Ta gueule, nous ne venons pas pour le « five au clock tea », juste pour des infos sur la façon dont est arrivé sur le trottoir le cadavre de la gonzesse à poil. Alors son thé, tu sais où elle peut se le carrer ta vioque..
      Jim et moi nous nous garons l'un derrière l'autre, l'Oldsmobile Silouhette est juste devant nous. Jim en fit le tour, réflexe professionnel. Il revint vers moi le regard découragé...
-Putain, bordel de merde ! Elle n'a plus sa caméra, me fit-il remarquer, furibond.
Nous nous dirigeons vers la maison, grimpons les trois marches du petit perron et sonnons à la porte de chez Amy Sheinin,

Baltimore hécatombes / Alain René Poirier

comme le confirme le nom sur la boîte aux lettres.
    La porte n'était pas fermée, très légèrement entre-baillée.
-Je n'aime pas ça, la porte ouverte signe le départ précipité, le « je n'en ai rien à foutre de ce que contient la baraque », après moi le déluge... Principe de précaution, je retourne à la voiture chercher mon arme !
-Attends moi Jim, ça ne sent pas bon !
A mon retour, je me suis armé jusqu'aux dents... façon de parler, je n'avais pas de couteau entre les dents comme ces putains de communiste qui bouffaient les enfants avant la chute du mur de Berlin en 1989. Juste mon fusil en mains et deux flingues coincés dans ma ceinture, faut pas trop se charger non plus. Jim poussa précautionneusement la porte du bout de sa santiag. Elle s'ouvrit en silence, chez les blindés de pognon, les gonds restent discrets, ne couinent pas la misère comme chez les crèves la faim, les parcimonieux de la denture. Je renifle pour détecter l'odeur de poudre, l'explosif, mon odorat reste sur le mode négatif. Un coup d'œil professionnel pour déjouer les pièges éventuels... Le couloir désert, pas un bruit dans la maison, t'aurais pu entendre un colibri voler. Nous restons le souffle suspendu, quelques secondes, à épier le moindre bruit, rien, un putain de silence, de l'épais comme silence, à couper au couteau. Par réflexes, nous entrâmes l'un derrière l'autre, je mettais mes pas dans ceux de Jim, la démarche appliquée, si c'était miné, je ne risquais rien. Jim dégaina son Glock 22, retira le cran de sûreté, l'arma, s'avança le flingue à la main, au ras du corps pour éviter le coup sur le bras qui te désarme. Toujours ce silence angoissant, on ne quitte pas sa maison en laissant la porte ouverte, ça dénote le pas normal, le détail qui t'excite les sens de tout fin limier... Nos oreilles ne perçoivent que nos souffles à l'unisson, un putain de travail d'équipe, synchro comme tout, les mecs, tu vois que l'on est habitués à bosser ensemble. Nous nous comprenons sans besoin de se parler, au moindre signe, la connivence. Sommes sur la

Baltimore hécatombes / Alain René Poirier

même longueur d'onde... Nous appelâmes « Amy, c'est la police » pas de réponse, nous criâmes Amy... toujours rien. Reprenant notre souffle, nous gueulâmes à pleins poumon « Amys », à faire trembler les murs, à couvrir de nos voix de stentor les trompettes de Jéricho, à en faire tomber sur le cul Josué lui même... seul le silence nous répondit, un putain de silence qui restait dans la discrétion, l'effacement, tu sens qu'il ne veux pas se mettre en avant, laisse aux bruits le soin de se faire remarquer... juste ces petits pétillements dans les oreilles, lorsque le silence est profond, accompagné de ce très léger sifflement, qui te vient du fin fond des galaxies.
-Que fait cette Amy, questionna Jim ?
-D'après mes renseignements, Amy est avocate et travaille pour Berkshire Hathaway HomeSales...
-Ce n'est pas une excuse pour ne pas nous répondre !
-Pouvait parler, elle peut être son propre avocat...

Je gueulais une nouvelle fois, Amy êtes vous là ? Pas plus de réponse que de beurre au cul ! Changement de stratégie, sommes les genres de mecs qui nous adaptons en une fraction de seconde... Nous nous plaquâmes de chaque côté de la première porte qui se présentait dans le hall d'entrée, de la tête, je fis le signe de connivence à Jim, pour lui signifier que je le couvrait, qu'il pouvait y aller. Il prit son élan, s'arma la guitare, d'un violent coup de santiag, le plat de la semelle sur le bois, il ouvrit si violemment la porte, que si t'as un gus planqué derrière, il se retrouve incrusté dans le mur façon bas-reliefs égyptien, il finit sa vie à marcher de côté. He walk like an egyptian. Jim passa la tête dans l'encadrure de la porte, protégé de son Glock 22, de calibre 40 Smith et Wesson. Il poussa aussitôt un cri d'effroi, le cri horrible de ces bêtes qu'on égorge à vif, genre tuerie Halal, cri d'animal qui découvre devant la lame qui lui tranche la carotide, qu'il ne croit pas en Dieu, encore moins en la résurrection, se demande si finalement Bouddhiste ne lui conviendrait pas mieux.

Baltimore hécatombes / Alain René Poirier

Cri terrible qui te glace le sang, fait rebrousser chemin aux hématies en transhumance dans tes artères, te blêmit les leucocytes, te pétrifie les plaquettes, te descend la glycémie aux limites de l'hypo. Je sautais dans la pièce, mon fusil à pompe Remington 870 armé, prêt à shooter, à pulvériser toute menace potentielle, à exploser de la barbaque de suspect, t'en faire du hachis pour hamburger, te transformer les murs en tableaux tachistes... En gueulant :
-Police, y a pas bavure, c'est de la légitime défense... Comptez vos abatis, je vais les disperser façon kamikaze... Merde, personne ! Putain de déception, même mon Remington suintait la frustration, mon adrénaline se demandait ce qu'elle était venue foutre, pourquoi je l'avais tirée de sa sieste pour rien.
-Pourquoi as-tu gueulé comme ça, Jim, tu m'as foutu un de ces traczirs, j'ai cru que j'allais pouvoir venger la morte du stade.
-La déco Dick, t'as pas vu cette putain de déco, ce tableau de sous-bois avec les biches, la photo de ces deux niards dans le cadre rose en forme de cœur... elle te saute à la gueule comme un phtirus pubis sur une couille de William Clinton, putain Dick, c'est à chier ! Tu me les donnes, je refuse, même avec une enveloppe pleine de biffetons à la gueule Benjamin Franklin au dos de l'Independance Hall.
-Tu n'es pas là pour écrire un article dans The Architectural Digest, ni pour House Beautiful, tu cherches un témoin possible du crime de la gonzesse à poil, lui dis-je, l'air ulcéré. Putain pense à elle !
Porte suivante, la salle de bains, juste quelques tifs prisonniers d'une brosse à cheveux, sur l'étagère, sous l'immense miroir, au dessus du lavabo double vasque, des trace de rouge à lèvres sur un kleenex, une éponge colorée au fond de teint... mais toujours personne. Nous montons à l'étage, Jim devant moi gravit les marches sur la pointe des pieds, tout en souplesse, une démarche de félin, un vrai lynx... sans les poils dressés sur les oreilles. Je le

Baltimore hécatombes / Alain René Poirier

couvre de mon Remington, Jim pousse la porte de la chambre, vide... porte suivante, une seconde salle de bains, Jim se laisse aller à jurer.
-Putain, merde, ce n'est pas possible... les enculés, ils ont osé faire ça !
-Que se passe-t-il Jim ? M'enquérais-je du couloir.
-Ces fumiers ont bousillé la Roadeyes....
J'entre à mon tour, je découvre une femme assise dans la baignoire sans eau, vraisemblablement Amy, la tête fracassée, du sang mêlé à de la matière grise parsème le carrelage, les cheveux par paquets, collés par le sang coagulé, un œil, d'un bleu pervenche, pend hors de son orbite, balancier de comtoise qui ne mesurerait que le temps arrêté, la Roadeyes enfoncée dans le front au niveau du sixième chakra, l'ajna chakra, le troisième œil, son jnana chakshus, porte conduisant à son monde intérieur, porte enfoncée par l'assassin... Amy a le corps violacé de la taille aux pieds, sédimentation du sang, elle est morte depuis plusieurs heures.
-Ils ont aussi tué Amy, fis-je remarqué à Jim qui ne voyait que la caméra !
-Ne respectent rien ces ordures, une Recpro full HD avec compression d'image Ambarella H.264, un capteur gyroscopique avec axes 3D... Quelle époque vit-on pour en arriver à de telles extrémités, des barbares.... détruire une merveille de la technologie, un putain d'acte gratuit, des enculés de Sartriens... Fallait juste récupérer la carte SD 8GO pour éliminer les images prises, ne pas oublier l'itinéraire du GPS... pas obligés de bousiller la caméra.... Des gougnafiers, des jean-foutres, des branquignoles, de l'amateur.
-Amy est morte aussi, Jim !
-J'ai vu, encore une vraie blonde, je me demande ce que le meurtrier a contre les blondes ? Pour moi ces deux crimes sont liés, par contre je ne m'explique pas comment il a pu savoir à qui

appartenait la caméra, ni comment il a été mis au courant de notre enquête.
-Jim, tu fouilles un peu la maison, récupère le blackberry Z30 qui dépasse du sac à main, et sur la table son MacBook Pro 13" Retina 256Go, nous y jetterons un œil au bureau... Prends aussi les papiers dans le tiroir du secrétaire....
La maison passée au peigne fin, nous ressortons, Jim qui avait un bout de matière grise collée à la pointe de sa santiag gauche, s'en débarrassa en la frottant sur le paillasson. Dehors, Maxou nous attendait, assis sur sa moto, le long du trottoir d'en face, avec sa gueule d'empeigne, son air suffisant, sa tête à claques...
-Du nouveau Chef ? Me lance-t-il, arrogant.
-Lis le journal, tu l'apprendras, lui répliqua Jim qui maîtrisait de plus en plus difficilement son poing épris d'une irrésistible envie de lier connaissance intimement avec la pointe de son menton.
-Ce con est toujours dans nos pattes. Tiens, il a changé de froc... Un jour, je vais le foutre en l'air, d'un bon coup de pare-chocs dans sa bécane, pour nous en débarrasser... J'en ai ma claque de voir ses deux roues l'une derrière l'autre. Pour changer, je veux les voir l'une à côté de l'autre, avec le siège au milieu, mais en plus confortable, avec ses petits bras musclés comme propulseur.... J'obligerais ce parasite à me lâcher la grappe... murmurais-je à Jim

Chapitre 3

Poulets suspects

Jim rejoint Dick dans son bureau de central District, 500 Est Baltimore St, police department dirigé par un petit rondouillard, le major Mark Howe... Howe à ne pas confondre avec le joueur de hockey sur glace, le fils de Gordie, frère de Marty. Notre homme aurait plus le look de la rondelle que celui de défenseur.
Whaoo, la tête du Jim ce matin, t'aurais cru qu'il s'était maquillé pour jouer dans le clip « Thriller » de Michael Jackson », la tronche ravagée, une gueule à faire peur à sa glace, s'il la prend par surprise, une vraie tronche de valétudinaire, complètement tibulaire le mec... Que celui qui m'affirme qu'il ne l'était pas... se retire la merde qu'il a dans les yeux.
-Putain, Jim, t'as les châsses bordés de reconnaissance, des poches si vastes sous les quinquets, qu'elles te dispenseraient de prendre un baise-en-ville, pour y ranger tes changes nécessaires à trois jours d'escapade, brosse à dents comprise, lorsque tu pars en mission coquine, lutiner de la gueuse volage, de la gourmande en manque, de l'insatiable des montées hormonales, de la gloutonne donneuse de plaisirs, de la bouillante du puits du diable... Qui est l'heureuse élue du jour, qui a décroché le pompon, quelle femme de militaire esseulée es-tu allé consoler de l'absence de son mari. Remplir de ta généreuse affection ses vides sentimentaux, apaiser

Baltimore hécatombes / Alain René Poirier

ses poussées affectives... Femme d'un héro parti en ces terres lointaines, à l'appel de sa patrie, sauver le monde libre, défendre la démocratie, faire écran de sa vie pour protéger la liberté, la libre entreprise, en combattant le moyenâgeux taliban en Afghanistan, le cruel mercenaire de Daesh en Irak, le fanatique islamiste en Syrie, le rétrograde salafiste en Libye. Qui t'a usé la santé à ce point, qui a abusé de ton corps, qui a pompé tes sources vitales, qui a vidé tes réserves de vie ?
-Hier soir, je me suis rendu chez Maxou, professionnellement s'entend. Je voulais le cuisiner pour connaître les circonstances et la manière dont il s'était procuré l'adresse d'Amy. Tu te souviens, ce con nous attendait, l'air arrogant d'un coq, qui descend en chantant, du dos de la dinde de thanksgiving, victime soumise, qu'il vient de fourrer. Ce gus a toujours les yeux plus grands que le ventre. Le cul sur sa bécane, fier comme l'Arsacide Artaban, il attendait que nous sortions de chez Amy pour se faire remarquer. Il nous narguait même, l'impudent. Putain, que ce mec donne envie de lui défoncer la gueule à coups de talons, cette enflure te transformerait Henry David Thoreau en Joaquim El Chapo Guzman, lorsque ce dernier apprend qu'on lui a volé une tonne de cocaïne... t'as l'envie de lui faire sauter les chicots, lentement, un par un, à coups de pointe de santiag, l'idée te traverse l'esprit. Je n'ai pas un mauvais fond, mais de temps en temps, t'as besoin de te détendre. Note, maintenant que je batifole sur les monts et les plaines de sa gonzesse, celle qu'il est avec, que je supervise les montées aux rideaux de Lindsay, que j'en deviens le guide, le premier de cordée des escalades sensuelles de sa copine, le liftier de ses montées au septième ciel, c'est à mon tour de le provoquer, j'ai la pointeuse qui remet les pendules à l'heure, fera moins le kéké maintenant que nous servons dans le même corps... Enfin, n'exagérons rien, bien que je sois devenu son collègue de chambrée, de là à devenir en plus des copains de tronchée, il reste une putain de marge, il y a loin de la croupe aux lèvres, je suis

Baltimore hécatombes / Alain René Poirier

plus proche du Vermont que de Verdun, question copinerie militaire...
-Si nous ne l'avions pas eu dans les pattes en permanence, ce gus serait en tête de ma liste des suspects, je n'arrête pas de croiser sa tête de fouine sur les scènes de crime...
-T'as raison, il a vraiment une tête de fourbe avec son air chafouin, il sent le suspect comme l'Amorphophallus titanum empeste la viande pourrie, la charogne, le putride, le cadavre en décomposition. Tu ne crois pas que l'on pourrait le mettre en garde-à-vue pour le questionner, en le titillant un peu, façon Abu Ghraib. J'ai le manuel sous les yeux, je t'assure qu'il y a des figures plus bandantes que celles du kamasutra. Regarde, comme sur cette photo, tu le tiens en laisse, à poil, et tu le fais crawler sur le sol, ou celle là, si t'en as plusieurs, tu les fous à poils et leur fais faire une pyramide en s'entassant les uns sur les autres... Putain, on sait se marrer dans nos démocraties...
-Comment a-t-il obtenu l'adresse d'Amy, il nous a placé un mouchard sous les caisses, ce n'est pas possible autrement ? Il nous colle aux basques comme un oxyure s'agrippe à son trou du cul, que t'en as la démangeaison plus qu'insupportable.
-Je ne sais toujours pas, je n'ai pas pu l'interrogé, il n'était pas présent à son domicile. Malheureusement Je suis tombé sur sa compagne, heureusement j'ai eu un petit dédommagement. Sa gonzesse, c'est le genre de bombasse qui, à mon coup de sonnette, s'est pointé m'ouvrir, perchée sur des escarpins de 6 inches minimum, t'aurais cru un pin-up sortie d'une page de play-boy, décolleté ouvert jusqu'à l'ombilic, une paire de nibards du genre pas timides, des obus comaques qui n'aiment pas rester trop longtemps prisonniers d'un filet à loches, aux pointes qui te fixent droit dans les yeux. Si, par curiosité, tu jettes un œil discret.... tu n'es pas pressé de le récupérer, tu le laisses vagabonder, se repaître du point de vue, explorer les vallées, gravir les monts, tourner autour des cheminées de fées, des aréoles contractées,

Baltimore hécatombes / Alain René Poirier

devenues des sortes de Hoodoo Butle sous l'excitation sensuelle. Était équipée, pour compléter le tableau, d'une jupe stretch qui lui moulait le cul à la louche, jupe qui s'arrêtait à la frontière sud de son gobe bites, avait même oublié de se vêtir du rideau masquant l'entrée, entrée entre-baillée, qui te faisait un appel d'air, te donnant l'envie de la colmater, pour assouvir ses désirs, éviter les courants d'air. Se déplaçait d'une démarche pendulaire à te faire vider la prostate rien qu'en observant les ondulations de sa croupe, un cul capable de faire dresser les colonnes du Parthénon, édifice qui avec elle comme locataire, ne resterait pas longtemps la maison des jeunes vierges. Des yeux gourmands, capables de défroquer un cureton ensoutané, tu sais, ce genre d'intégriste qui pisse sans les mains, pour ne pas subir de tentations onaniques... comme le disait le pasteur Dutoit-Membrini... un castré mental qui, de toute sa vie, n'imaginerait pas que l'idée de forniquer puisse lui traverser l'esprit. Malgré ça, à sa vue, dans son confessionnal, il finirait par bander comme un âne, serait surpris de voir se redresser son tuyau urinaire, le cerveau piraté par Belzébuth, en oublierait son latin pour la bandaison, se surprendrait à lui chanter ses fantasmes les plus lubriques en grégorien... Faut dire que la belle a des atouts, une bouche carminée aux lèvres des plus pulpeuses, qui te suce le goupillon par anticipation, un vrai Dyson de la turlute, labiales qui t'aimantent le gland aussi sûrement que le pognon attire les traders, le miel les ours, les urnes les naïfs.
-Salaud, Jim, tu t'es tapé sa femme ! T'es gonflé. Tu ne craignais pas qu'il se pointe pendant que tu lui rendais les honneurs, lui présentais tes hommages, lui humectais les métacarpes... je veux dire, utilisant ton langage, que tu crapahutais sur son mont chauve, lui pétrissais les nibards, lui suçais le joystick, la besognais, la chignolais, lui pilonnais l'arrière boutique, lui sulfatais les amygdales, lui tartinais le visage de ta crème nuits câlines et jours lubriques, lui amidonnais la coiffure ?

Baltimore hécatombes / Alain René Poirier

-Elle m'a confirmé qu'il n'habitait pas avec elle en ce moment, il priorisait l'enquête sur la morte du stade, avait besoin de se concentrer, de garder sa lucidité, qu'avec elle dans son champ de vision, il n'arrivait pas à mettre ses idées en ordre, ne pensait qu'à la culbuter, que son cerveau restait bloqué en mode cul, ce qui était fort préjudiciable à sa réflexion... Lindsay m'a expliqué que Maxou a un studio près du stade, il s'y réfugie souvent pour recharger ses accus... De toutes les manières, une caméra filme en permanence sa place de parking, là où il gare sa moto, que je n'avais qu'à jeter un œil sur l'écran de contrôle pour me rassurer.
-La salope, elle t'a fait immédiatement du rentre dedans, pas le temps de faire les présentations, pas de préliminaires autour d'une tasse de thé en grignotant des cookies. Au débotté, elle t'a proposé immédiatement la botte, c'est de la volcanique, de la goulue, de la dévoreuse, de la vorace, de la saute au paf de première cette frangine...
-Ce con de Maxou par son addiction à la galipette l'avait habituée à ses doses quotidiennes d'ocytocine et d'endorphines, lui, exilé dans son studio, elle vivait mal ce manque, avait le sevrage insupportable, l'addiction en révolte.... T'as des situations où l'électronique ne remplace pas le biologique, le godemichet devient défaillant pour le baiser dans le cou, la caresse à frissons, la langue polissonne. A ça, t'ajoutes qu'elle voulait se venger d'une de ses dernières incartades. C'est un hyper-actif du gland le Maxou, avec ses airs de ne pas y toucher, et il en faut, crois moi, pour satisfaire madame, la faire monter dans les tours n'est pas à la porté du premier monorchide venu. Dick, tu me connais, quand il s'agit de rendre service, de me mettre à la disposition de sa veuve... quand Maxou sera mort... de lui engendrer les orphelins qu'il n'aurait pas eu le temps de faire, je ne suis pas le genre de mufle qui décourage les avances, qui rechigne à l'ouvrage, fait sa mijaurée, se dégonfle avec le coup de « je ne suis pas celui que vous croyez »…. Je suis le genre compatissant, secourable, dévoué

Baltimore hécatombes / Alain René Poirier

envers mon prochain, si c'est une prochaine... Je me suis laissé conduire vers la chambre à coucher, nous nous sommes déshabillés mutuellement, sauvagement, brutalement, les boutons sautaient, les zip dézippaient, les fringues s'arrachaient, nous en laissions partout sur le chemin, tel le petit Poucet des cailloux... certainement pour pouvoir retrouver mon chemin de retour. Devant l'urgence de satisfaire ses pulsions intimes, les boutons arrachés de ma chemise gisaient sur le sol comme un chemin de croix, ils témoignaient de la violence de son manque, le voyant rouge de son impérieux besoin de faire le plein des sens clignotait... Je te passe les détails pour la remettre à niveau, dans ses devoirs conjugaux, ma contribution au soutien jambes en l'air, plus ardente que du soutien scolaire... Nous avons puisez ses leçons du jour dans le Kamasutra, son livre de chevets. J'ai commencé les travaux pratiques par la position du « bateau ivre », tu vois le truc, elle est allongée sur le dos, moi à genoux, lui relevant les jambes perpendiculairement, pour la prendre doucement... j'ai enchaîné par la chaise longue, elle relève juste le buste en s'appuyant sur les coudes, me passe ses jambes autour du cou, je vais et je viens dans un doux balancement puis, j'ai terminé par le compas, elle se redresse en appuis sur les bras légèrement en arrière, je suis assis sur ses cuisses, jambes écartées, la tient par le cou, lui donne la cadence... Le reste de la nuit, pour rompre la glace, la détente, la récréation, l'imagination, l'inspiration, l'intuition, en figures libres, la soirée de gala après les figures imposées, note artistique, note d'exécution... je lui ai fait goûter au marteau piqueur, au B52, au Clinton cubain, au Hollande à bascule... Nous avons baisé comme des bêtes en rut, j'ai bramé comme un cerf, pas fermé l'œil, pas une seconde de répit, je suis vidé, les couilles déshydratées, ratatinées comme de vieilles baudruches percées, comme des pommes qui ont passé l'hiver et le printemps oubliées sur une étagère, je suis sur les rotules, j'ai les globules rouges qui font un

Baltimore hécatombes / Alain René Poirier

détour à la seule vue du panneau de direction « artère pudentale interne », partent en courant, ne demandent pas leur reste, se sauvent comme des mal-propres, refusent d'être les complices de cette tentative de meurtre par épuisement... Elle m'a fait de ces trucs... Je ne savais même pas qu'ils étaient envisageables... Elle a un con si attachant, si affectueux, si hospitalier, si démonstratif, si participatif, tu crois qu'il est humain, vivant, autonome... Des roulements de bassin, des contractions, des relâchements, elle va chercher ta liqueur de vie au plus profond de toi, tu retardes le plus longtemps possible ton explosion de jouissance, de peur de ne plus jamais parvenir à ce stade de plaisir. Elle te.....
-Juste pour info, c'est quoi le Hollande à bascule ?
-Une position pour gras du bide, tu te tiens raide, tu la pénètres à fond, jusqu'à la garde, à ce moment, tu as le buste le plus écarté du sien, ton point d'appuis est au niveau de l'ombilic, elle t'appuie sur la tête pour te rapprocher d'elle, résultat, comme tu te tiens raide, tu ressors de son antre gourmand, elle te repousse légèrement, tu t'enfonces à nouveau, comme un cheval à bascule, un culbuto, tu vas et viens juste par l'inertie....
-Faut faire gaffe à ne pas s'endormir.
-Plus tu as le ventre proéminent, plus tu dois avoir la queue longue pour ne pas ressortir, avoir du mal à retrouver l'entrée à ta descente suivante, ou te faire guider en permanence ce qui....
-Jim s'il te plaît, j'ai compris, épargne moi les détails, tu ne vas pas me raconter tout ton bréviaire... du cul ! J'ai passé l'âge de la branlette à la stimulation auditive !
-Comme tu veux, si tu as mieux à me proposer...
-J'ai les rapports des comiques de la scientifique et celui du légiste, ce sont leurs conclusions provisoires.

Dick, très concentré, lit les premières constatations du découpeur de cadavres, le spécialiste du plat froid. Il secoue la tête d'un air incrédule, semble n'en pas croire ses yeux.
-Putain, ce n'est pas vrai... Qu'est-ce que c'est que ce cirque.

Baltimore hécatombes / Alain René Poirier

-Que dit le rapport du toubib post mortem, Dick ?
-Tu vas en rester sur le cul. Le sang sur le sol et le cadavre, n'est pas celui de la victime ! Le couteau dans la poitrine c'est de la mise en scène, la fille était morte depuis longtemps quand elle a été poignardée.
-Le sang sur le cadavre ? Le tueur s'est blessé avec le couteau en la poignardant ? Le con de maladroit ! Avec son ADN répandu larga manu, c'est de l'enquête vite bouclée, ne doit pas être en forme avec tout le sang perdu, il s'est vidé comme une barrique en soutirage, doit avoir la jauge sur alerte, le voyant d'hématocrite qui clignote... Dick je pars faire la tournée des hôpitaux pour retrouver ce pâlichon, ce blême à toutes heures, il doit forcément être venu refaire ses niveaux d'hémoglobine... je te le ramène par la peau du cul....
-Le tueur se fout de nous, Jim, il nous ballade, à la limite il nous prend pour des cons.
-Quand tu penses que cet enfoiré a supprimé une chouette môme comme la victime, de la gonzesse qui te donne l'envie de te reproduire, que si tu t'écoutais tu virerais monogame.
Se lamente Jim avant d'ajouter au comble de l'indignation...
-En prime, cet ordure a détruit une superbe caméra...
-Avec Amy comme nouveau support et nouvelle victime....
-Je te l'accorde, pas mal non plus l'Amy, avec un peu d'imagination tu pouvais t'en faire un portrait plus figuratif, à la Nicolas Poussin... Dans sa baignoire là, elle fait plutôt cubiste question style... Non, je dirais sur-réaliste, manque plus que des montres molles sur les bords de la baignoire et le buste de dos d'Elena Ivanovna Diakonova dans le miroir...
-Qui est cette Elena ?
-La mère de Cécile, l'ex de Paul Eluard, la maîtresse de Max Ernst... avant d'épouser le moustachu génial en 1958, le prosélyte du chocolat Lanvin. Bon j'y vais, je te ramène cet enfoiré...
-Ne pars pas faire la tournée des hôpitaux, Jim, c'est inutile, le

Baltimore hécatombes / Alain René Poirier

sang sur le cadavre, n'est que du sang de poulet...
-Merde, putain c'est un flic qui a fait le coup, nous sommes dans de beaux draps, déjà dans le collimateur de la vindicte populaire depuis le coup du décalcifié. J'ose espérer qu'il n'est pas de notre district... ça va finir en nouvelle émeute cette connerie, par précaution, je vais aller garer ma bagnole en Virginie pour éviter que des cons ne me la brûlent....
-Jim, c'est du sang de poule, de coq, de gallinacé ! Fis-je, en gloussant et marchant, en imitant les Monty-Python dans leur fameux sketch du « Ministère des marches ridicules », les bras mimant des ailes en action, à mi chemin entre la danse des canards de Werner Thomas et Tony Rendall et la mort du cygne de Michel Fokine.
-Tu crois qu'un coq peut occire une femme à coups de couteau ? Comment le tenait-il ? Dans son bec ? Sous son aile ?
-A ton avis ?
-Peut être le manche enfoncé dans le cul, chez leurs femelles, il en sort bien des œufs. Un manche de couteau c'est possible question taille, un genre de fist-fucking meurtrier. Putain, même les volailles se mettent au brachio-proctique, nous devons avoir affaire a un gallinacé membre du TAIL... (Total Anal Involvement League) ? Un coq de San Francisco, le look cuir, un épilé total qui fréquentait le club « Les Catacombes ». Quand tu penses que Dieu a inventer le cul pour que l'on puisse se vider proprement, son côté hygiéniste au barbu, pour éviter de tout faire par le même orifice, pour te préserver l'haleine, constatant qu'il y a des allers plus agréables que des retours... Puis tout a dégénéré, avec le goût du rentable, du toujours plus de profits. Un jour, un gus, du genre productiviste, observant ce trou qui n'était pas utilisé à plein temps, s'est dit que pour en augmenter la rentabilité, tu pouvais y enfoncer des trucs, a commencé par des suppositoires, puis un thermomètre, une poire à lavements, un pal pour les plus joueurs... un autre, faute de goût pour les femelles de la gente

Baltimore hécatombes / Alain René Poirier

féline domestique, a pensé y enfourner sa bite, puis son poing, il y en a même qui s'en sont servis comme cachette pour de la drogue, des armes... et maintenant un couteau.... Je pose la question, jusqu'où s'arrêteront-ils ?
-Débranche un peu ton dévidoir à conneries !
-Comment le légiste peut-il savoir que c'est du sang de poule ? Du sang c'est du sang.... Les globules rouges de poules se pointent-ils avec des plumes sur la membrane, une crête couronnant l'hémoglobine, chantent-ils Cock-a-doodle-do ?... (NDLA les coqs anglo-saxons parlent anglais, ne font pas cocorico et les galinacés anglais se distinguent des américains aisément, leurs poules pondent à gauche)
-Non Jim, c'est beaucoup plus simple que ça, les hématies de volailles sont elliptiques et nucléées, celles des humains, sont rondes et sans noyau... sauf les gus porteurs d'hémoglobine S qui ont des formes d'hématies à la con, comme des faucilles, sont rigides, circulent difficilement dans les micro-vaisseaux, ce qui les empêchent de bien s'oxygéner, mais les protègent des plasmodiums.
-Ne meurent pas du paludisme, meurent juste asphyxiés...
-Jim, c'est exact, mais ce n'est pas le sujet.
-Les globules rouges des femmes restaurées ont-ils aussi la même forme ? Remplacent-elles l'hémoglobine par du silicone pour ne pas avoir le globule ridé ?
-Te fais pas plus con que tu n'es...
-Du sang de poules ! Putain à tous les coups, le tueur vient du Delaware, c'est plein d'élevages de poules là bas, leurs femmes ne gestationnent pas, elles couvent, à la naissance leurs gosses ne crient pas, ils viennent au monde en caquetant. Cet état regorge de mecs louches avec des têtes de coupables, ils choisissent ce pays pour des raisons évidentes, c'est un vrai paradis fiscal. Parfois les fraudeurs du fisc deviennent des assassins, faut gravir les échelons de l'illégal, pour se faire grimper le pic d'adrénaline.

Baltimore hécatombes / Alain René Poirier

Comme bled pour planquer ses bénéfices, le Delaware vient devant la Suisse, les Îles Caïmans, la City de Londres, les Bermudes, Singapour, la Belgique et Hong Kong. Toutes les entreprises veulent y aller, t'as pas de TVA, les impôts sont dérisoires, 40% des boîtes cotées en bourse de New York y sont domiciliées... Un immeuble du Delaware contient plus de deux-cent-mille boites aux lettres d'entreprises américaines, Coca Cola, JP Morgan, Apple, Google, Ford... si ça se trouve, ont foutu ton abattoir de poules dans une de ces boîtes à lettres....
-T'as surtout deux cents volailles par habitant, ça ne va pas faciliter l'enquête.
-Tu veux convoquer toutes les poules dans ton bureau, pour identifier celle qui s'est faite voler son sang ? Va falloir toutes les plumer pour trouver les traces de piqûres d'aiguilles... Ouais ! nous allons foutre toutes les poules à poils, un bureau avec des milliers de poules à poils, même Hugh Hefner n'en n'a pas rêvé...
-Ferme un peu ta gueule ! Pour pondre des conneries, elle ne ferme pas plus que le cul d'une cane.
-Dick, pour faire bonne mesure, je peux aussi convoquer les poules poilues, les faire se désaper sur la chanson de Joe Cocker, You Can Leave Your Hat On, comme dans Neuf semaines et demie ...
-Jim tu dérives, t'as la circonvolution qui se vautre dans le libidineux, tu vas avoir droit à une nouvelle séance avec la Psy...
-Je veux voir ça une fois dans ma vie, un bureau plein de poules à poils, je vois déjà les manchettes du torchon de Maxou.... Le scandale de la partouze gallinatique organisée par la police de Baltimore.... Il aurait dû prendre du sang de lapin ton killer... Je te dis ça pour le coup des poils, des lapins à poils, personne n'y trouvait à redire...
-T'es con ou quoi ? Réfléchis deux secondes... Tu ne peux pas convoquer les poules, nous ne pouvons pas agir dans l'état du Delaware, c'est en dehors de notre juridiction.

Baltimore hécatombes / Alain René Poirier

-Tu vas appeler les fédéraux, le FBI ? Demande au légiste de faire l'étude ADN du sang de poule trouvé sur le cadavre, tu demandes ensuite aux collègues de Dover de chercher dans leurs fichiers génétiques....
-Pendant que tu y es, tu ne veux pas, que l'on fasse saisir tous les œufs pondus aux USA, pour une analyse ADN généralisée, afin de remonter à la poule, grâce à la traçabilité?
-Et si c'était du sang d'importation.... Putain, nous sommes dans la merde... Pourquoi cette mise en scène ? (NDLA moi même n'en ai aucune idée et pourtant c'est moi qui ponds ce truc)
-J'ai aussi l'identité de la dame, Laura, elle se nomme Laura, c'est une chanteuse qui se produisait au Hot Club, en alternance avec Alexis Tantau dans le spectacle du « Cabaret at Germano's » 300 South High St.

J'appelle le 410.752.4515 pour vérifier qu'il y ait du monde à cette heure matinale, pour ce genre d'établissement...

Arrivés au Cub, nous entrons par la porte des artistes, il n'est pas ouvert au public à cette heure. Nous trouvons Ed Hrybyk le bassiste, Patrick McAvinue le violoniste, Sam Arefin le guitariste en pleine répétition. Ils ont passé la nuit à composer, se sont copieusement engueulés, en désaccord sur un rifle de guitare, une rupture de rythme, des paroles, les affres de la création, les conflits d'ego dans un groupe... Maintenant pour évacuer les tensions font le bœuf, ils jouent « Gimme some loving » version du Spencer Davis Group, puis attaquent « Going Home » des Rolling Stones suivi de « I am Going Home » des Ten Years After. John Pinass l'arrangeur, question jeu de scène, se prend pour Mike Jagger au Tami Show de 1964, lorsqu'ils attaquèrent « Around and Around ». Ils allaient se lancer dans « On the road Again » des Canned Heat, lorsque nous avons coupé l'alimentation des amplis. Nous les interrogeons sur leur chanteuse, Laura Spears, qui vient d'être assassinée. La nouvelle casse un peu l'ambiance... Nous n'apprenons rien de spécial, sauf

Baltimore hécatombes / Alain René Poirier

un conflit de droits d'auteur avec John Pinass qui lui avait composé une mélodie sur des paroles qu'elle avait écrites. Chanson dont elle avait signé sans vergogne paroles et musiques, la ritournelle avait un petit succès, elle passait même sur les ondes de WYPR-HD2, WEAA, WAMU et sur Bluegrass Country dans le Lee Michael Demsey Show. Le Pinass ne touchait rien, passait pour un con aux yeux du groupe, s'était fait baiser comme un bleu par la belle... Sa réputation en avait pris un coup, surtout qu'il se faisait passer pour un sacré queutard, et c'est lui qui s'était fait baiser. Laura avait niqué le gars, le figuré prenait le pas sur le premier degré.

  J'imposais à John de passer au bureau dans la soirée pour faire la lumière sur cette histoire. John se voulait coopératif, il semblait affecté par la disparition dramatique de Laura, nous a même fait le coup de la larme qui suinte de l'œil gauche, celui du cœur. Personnellement je ne me laisse pas impressionner par la sincérité ou les simulacres des sentiments exprimés, ça ne signifie rien, chacun son mode de fonctionnement. Je convoquais le patron, lui demandais s'il y avait eu un enregistrement vidéo de la dernière apparition de Laura. Il n'en possédait pas, mais se souvint qu'un jeune gars, pas un habitué, un gus qui venait pour la première fois, le genre exalté, avait tout filmé avec son portable, qu'il est probable que nous retrouvions cet enregistrement pirate sur Youtube. Ce genre de bootleg a toujours un son médiocre, les bruits de la salle priment sur le rendu du concert, mais ça fait de la pub pour le club, alors il laisse faire, même si des gus le copient avec Freemake Video Downloader, la qualité du son, insupportable à la deuxième écoute, les conduira à télécharger une version pro plus légale.

  En sortant du club, Maxou était sur le trottoir d'en face, debout au côté de sa moto, avec ce petit sourire sarcastique aux coins des lèvres.... J'ai fait celui qui ne le voyais pas. Il s'est engouffré dans le Club, aussitôt notre départ constaté...

Baltimore hécatombes / Alain René Poirier

-Putain ce gars n'est pas possible, il a vraiment foutu un mouchard sur nos bagnoles, il nous colle au cul comme une paire d'hémorroïdes, nous retrouve aussi rapidement qu'un scatophage du fumier repère une bouse de vache fraîchement chiée... Un de ces quatre, va falloir s'occuper de sa peau...
-Jim, il est l'heure de casser une petite graine, je te propose que l'on retourne au stade pour rester dans l'ambiance, nous boufferons au Pickles Pub Sport Bar.

Sirènes hurlantes nous fonçons vers le stade des Orioles, certes il n'y a pas d'urgence mais, pour la population, ça donne l'idée qu'on se bouge le cul pour résoudre les problèmes. C'est bon pour la prochaines ré-élections du Big boss, et si le Big Boss est ré-élu, nous, nous sauvons notre job... ça nous évite aussi de prendre du retard pour l'apéro.

Nous entrons dans la salle du pub, nous nous installons dans un angle devant une petite table pour observer l'ambiance... J'appelle le serveur, un certain Bah, Halaouwouaq de first name, pour lui commander un apéro. Jim choisit la même chose que moi, normal, je suis le chef... Commande prise, et reprise Halaouwouaq Bah s'écrit :
-C'est parti les mécréants, je fais péter la commande...
Ce mec d'origine douteuse, sûrement pas du Maryland, mais toujours le mot pour rire, un bon garçon, bien qu'il soit revenu pour reprendre notre commande, un trou de mémoire, il se disperse trop.... Après les deux Bloody Mary à 9 $, vodka, jus de tomate, jus de citron, tabasco, sauce Worcestershire, poivre, sel de céleri, pour nous ouvrir l'appétit, nous débarrasser du stress que nous occasionne la présence constante de Maxou, à qui nous ne pouvons pas casser la gueule pour nous en libérer, nous commandons des Fish and Chips, du cabillaud pané servi avec une sauce tartare et des frites, plat à 9,99 $, deux Natty Boh pour se réhydrater le gosier.... Je me chopais une frite entre deux doigts lorsque Maxou fit son apparition, il s'installa à une table nous

Baltimore hécatombes / Alain René Poirier

faisant face. Il a encore changer de froc, ce n'est plus un journaleux, ce mec est un transformiste, il nous fait un vrai défilé de mode... Pour ne pas lui filer, par mégarde, des informations sur l'enquête en cours, nous devisons sur la politique du monde, dissertons sur le fait que pour le système capitaliste, l'effondrement du bloc communiste a été un vrai souci, il perdait son épouvantail, son repoussoir pour faire accepter les injustices, l'exploitation éhontée, les magouilles, les privilèges, les inégalités, la justice à plusieurs vitesses. Sans ennemi officiel, ce con de peuple était foutu de s'interroger sur le bien fondé de ce système pseudo-démocratique, serait capable d'ouvrir les yeux, de s'interroger, de remettre en cause, de penser, ce qui le conduirait à contester, à se révolter, à voir que les mêmes s'octroyaient le pouvoir dans tous les pays dits démocratiques.... Heureusement, le génie de Bush et de sa clique, était d'avoir créé les Talibans en Afghanistan pour faire chier les Soviétiques, Al-Qaida avec les soutiens financiers de la famille Saoud, Daesh par ses interventions en Irak. Ce nouveau bloc de l'est, ce repoussoir des bien-pensants, cet ennemi désigné, qui fait aussi peur aux populations maintenues incultes, que les anciens communistes qui mangeaient les enfants quand ils se retiraient le couteau qu'ils avaient toujours entre les dents. Un truc, cet ennemi, qui te permet de repartir du bon pied, de mobiliser l'attention, le coup du prestidigitateur qui t'amuse d'un côté pour te le mettre profond de l'autre, alors que tu ne fais pas gaffe, que tu regardes le spectacle détendu, le sourire aux lèvres, l'anus décontracté, que t'as la méfiance endormie.... Repas terminé, frites et poiscaille dans le buffet, bières bues, flatulences buccales éjectées, nous réglons la note, plus les 18% de pourboire, faut bien payer le personnel.

-Jim, j'ai envie de retourner au Hot Club pour savoir ce que ce con de Maxou leur a demandé. Pendant que tu lui fais ses devoirs conjugaux, le cocu enquête, s'il découvre des indices avant nous, il

se fera un malin plaisir de nous faire passer pour des baltringues dans sa feuille de chou...
-S'il obtient une bonne note pour ses devoirs, il pourra me remercier.

Petit détour par le bureau pour être au parfum des nouveautés éventuelles, signer quelques paperasseries, puis nous fonçons au Germano's. Arrivés devant le Hot Club, la moto de Maxou était déjà là, arrogante, légèrement penchée sur sa béquille, les chromes provocants... Dans la salle, le Maxou est accoudé au comptoir, le cul calé sur un coin de tabouret, sirotant un scotch sans glaçons, le téléphone à l'oreille... Tournant la tête vers nous, il orna sa tronche d'enflure d'un sourire digne d'une pub pour dentifrice... Putain de tête à claques, de celles qui te donnent envie de taper dedans, sans raison, sans motif, juste par plaisir, par instinct, limite par nécessité.
-Bien déjeuner les amis, les frites pas trop grasses ? sympa de ne pas avoir renversé mon verre cette fois-ci.
C'est clair, Maxou nous cherchait !
-Se fout de notre gueule ce con, viens Jim, on se casse, je ne vais pas pouvoir retenir plus longtemps mon poing qui a une folle envie de faire connaissance avec son groin de fouille merde, de modifier l'aérodynamisme de sa face de cul... Mon envie de bavures est telle, que je ne suis pas sûr de pouvoir me maîtriser... Ne perd rien pour attendre.

Tournant les talons, nous sortons pour retourner au bureau, attendre Pinass, l'interroger sur son emploi du temps, en question subsidiaire, lui demander ce que voulais cet enflure de Maxou... Comme suspect, Pinass fait l'affaire pour Laura, mais pour Amy....

J'ai besoin de réfléchir, je mets mes écouteurs et me passe « The Story of Bo Diddley » chanté par Eric Burdon des Animals, sa version du vinyle édité au royaume uni en 1966...

Baltimore hécatombes / Alain René Poirier

(NDLA Un souvenir de jeunesse, j'écoutais cet air chez Gérard Boutouyrie)

> Now let's hear the story of Bo Diddley
> And the rock 'n' roll scene in general
> Bo Diddley was born Ellis McDaniels
> In a place called McCoom....

Jim, se concentre sur les archives, il épluche les homicides des cinq dernières années... Faut dire qu'ici l'activité est florissante, si tu as du pognon à investir, n'hésite pas, c'est un secteur d'avenir, nous battons des records d'années en années... Pour preuve il y en a eu :
344 en 2015,
211 en 2014,
235 en 2013,
217 en 2012,
197 en 2011,
Jim effectue un tri sur les blondes... Dans mes oreilles, Eric Burdon hurle de sa voix rauque....

> Mississipi about 1926
> He moved to Chicago about 1938
> Where his name was eventually changed
> To Bo Diddley
>
> He practiced the guitar everyday and sometimes into the night
> Till his papa's hair began to turn white
> His pa said, "Son, listen hear, I know
> You can stay but that guitar has just gotta go"

-Dick, pour les blondes, je garde aussi les fausses, les décolorées ?
-Tu les prends toutes, regarde s'il y a des points communs, élimine toutes celles dont le meurtrier est encore sous les verrous ou au cimetière....
Je me concentre à nouveau sur l'écoute de Story of Bo Diddley

> So he pulled his hat down over his eyes
> Headed out for them western skies

Baltimore hécatombes / Alain René Poirier

I think Bob Dylan said that
He hit New York City

He began to play at the Apollo in Harlem
Good scene there, everybody raving
One day, one night, came a Cadillac with four head lights
Came a man with a big, long, fat, cigar

-Dick pour les chauves je fais quoi ? Je prends ou j'élimine ?
-Regarde si le légiste à noté la couleur des poils de cul pour prendre ta décision... Prends des initiatives bordel de merde !
Il me pourri l'écoute... à croire qu'il le fait exprès... Tout ça parce qu'il préfère « No Milk Today » d'Herman's Hermits. Je l'ai même surpris à fredonner sur « Still Loving You » des Scorpions, va jusqu'en Allemagne pour trouver ses rengaines de gonzesses. J'adore Jim, mais question musique il a toujours eu des goûts de chiottes.... et je garde le meilleur pour la suite...

Said, "C'mere son, I'm gonna make you a star"
Bo Diddley said, "Uh, what's in it for me?"
Man said, "Shut your mouth son
Play the guitar and you just wait and see"

Well, that boy made it, he made it real big
And so did the rest of the rock 'n' roll scene along with him
And a white guy called Johnny Otis took Bo Diddleys rhythm
He changed it into handjive and it went like this

-Dick, pour les chauves qui sont complètement épilées de la boîte à plaisirs ?
-Jim, tu m'emmerdes, regarde les poils de bras, les moustaches, démerde-toi !

In a little old country town one day
A little old country band began to play
Add two guitars and a beat up saxophone
When the drummer said, "Boy, those cats begin to roam"

Oh, baby oh we oh oh
Ooh, la la that rock 'n' roll
Ya, hear me oh we oh oh

Baltimore hécatombes / Alain René Poirier

Ooh, la la that rock 'n' roll

-Dick....
-Merde !

Then in the U.S. music scene there was big changes made
Due to circumstances beyond our control, such as payola
The rock 'n' roll scene died after two years of solid rock

And you got discs like ah
"Take good care of my baby,
Please don't ever make her blue", and so forth

-Dick, j'ai une ancienne blonde, qu'a maintenant les cheveux blancs, je prends ?
-Merde et merde

About, ah, one year later in a place called Liverpool in England
Four young guys with mop haircuts began to sing stuff like, ah
"It's been a hard days night and I've been workin' like a dog", and so on

In a place called Richmond in Surrey, way down in the deep south
They got guys with long hair down their back singin'
"I wanna be your lover baby, I wanna be your man yeah", and all that jazz

-Dick, j'en ai une qui portait une perruque... je ne sais pas si elle suivait une chimiothérapie ou si c'était une haredim... Peut être une mitnagdim ou une sefardi en cours de traitement pour son cancer du sein, une qui cumule...
-Merde, merde et remerde !

Now we've doin' this number, Bo Diddley, for quite some time now
Bo Diddley visited this country last year
We were playin' at the club a Gogo in Newcastle, our home town

And the doors opened one night and to our surprise
Walked in the man himself, Bo Diddley
Along with him was Jerome Green, his Maraca man
And the Duchess, his gorgeous sister

-Dick pour les brunes qui se font des mèches blondes, que le blond reste minoritaire ?
-Ta gueule, merde, ferme la un peu.

And a we were doin', doin' this number

Baltimore hécatombes / Alain René Poirier

    Along with them came the Rolling Stones, the Mersey Beats
    They're all standin' around diggin' it

-Dick, il y en a une à qui il manque la tête sur le cadavre, le pubis est rasé, la peau était laiteuse avec des taches de rousseur...je la compte ? Remarque c'était peut-être une rousse...
-Jim, si tu l'ouvres encore une fois, une seule et petite fois, même pour un truc important aux conséquences létales... au passage de « "Hey, Jerome, What do you think these guys doin' our, our material?" **je te colle un bourre pif qui va te mettre sur une orbite haute, que tu ne seras pas prêt de refoutre un pied sur terre....**

    And I overheard Bo Diddley talkin'
    He turned around to Jermone Green
    And he said, "Hey, Jerome
    What do you think these guys doin' our, our material?"
    Jerome said, "Uh, where's the bar man, please show me to the bar"
    He turned around the Duchess
    And he said, "Hey Duchess
    What do you think of these young guys doin' our material?"

Je bis le passage, j'adore entendre "Uh, where's the bar man, please show me to the bar"**, je n'ai acheté le disque que pour ce passage, alors si l'autre casse-couilles avait émis le moindre son à ce moment là... Je crois que sa branche d'arbre généalogique se brisait nette. L'univers se privait à tout jamais de sa descendance....**

    She said, "I don't know
    I only came across here to see
    The changin' of the guards and all that jazz"
    Well, Bo Diddley looked up at me and he said

    With half closed eyes and a smile
    He said, "Man, took off his glasses"
    He said, "Man, that sure is the biggest load of rubbish
    I ever heard in my life"

    Hey, Bo Diddley
    Oh, Bo Diddley
    Yeah, Bo Diddley

Baltimore hécatombes / Alain René Poirier

Oh, Bo Diddley
Yeah, Bo Diddley
Oh, Bo Diddley

  Je vais quand même regarder si je peux trouver quelques informations sur ce Maxou, sa présence sur tous les lieux de crime commence à m'interpeller au niveau du vécu, comme disent les trous du cul.... Je découvre qu'il est né à Milwaukee dans le Wisconsin, qu'il a étudié à l'University of Wisconsin-Milwaukee dirigée par Mark Mone, qu'il a joué avec les Milwaukee Panthers. J'appelle le 414-935-7263 un collègue du police department du bled, pour qu'il me rencarde sur le zigoto. J'apprends que le gus a un frère autiste Asperger, affligé d'un trouble classé dans la section du spectre autistique dans la nouvelle version du DMS-5 rédigé sous la direction de David Kupfer de Pittsburgh. Que la marotte du « différent » est l'ordre rigoureux, le classement des personnes suivant la teinte de leurs cheveux, il lui faut une logique progressive dans ses visions chromatiques, du plus clair au plus foncé, ou l'inverse, mais toujours une évolution graduelle, qu'un désordre dans la chronologie des chevelures rencontrées, le met dans tous ses états, il lui faut impérativement de la montée ou de la descente colorimétrique... Reste pétrifié lorsqu'il croise une chauve en cours de série, il aurait agressé un oncologue sous le prétexte qu'il avait prescrit une chimiothérapie à une jeune femme d'un blond platine qui lui servait d'étalon le plus clair, la référence de sa palette. Ralf, mon collègue de Milwaukee m'informa aussi que le père de Maxou est un original, un excentrique, qu'il se mettait souvent en dehors des règles, pensait que les lois n'existaient que pour canaliser les pulsions des pauvres, un peu le rôle tenu par les religions à leurs inventions, pour civiliser, dégrossir, sortir de la fange la populace venant de l'état sauvage, qu'à son niveau d'évolution il n'était plus concerné. S'il s'en affranchissait souvent, transgressant les lois, son immense fortune lui permettait de ne pas être inquiété, son poids économique sur le pays lui valait blancs-seings.

En fin de soirée John Pinass se pointa au bureau, pour honorer sa convocation, Jim me rejoignit pour l'interrogatoire...
-Dick, je suis certain que ce John est pour quelque chose dans la mort de Laura, je veux le cuisiner aux petits oignons, à ma façon, avec mes méthodes, laisse moi prendre la Bible pour lui taper sur le crâne... Je suis sûr que Dieu lui permettra de libérer sa conscience, si je tape assez fort, ses réticences à parler, se confier, céderont sous le poids de la parole divine... En préambule, je débuterais par un petit coup de Taser, pour le mettre sur la voie, lui discipliner les électrons, éviter qu'ils ne s'égarent dans les méandres de ses souvenirs... je te garantis de l'aveu spontané.
-Jim, arrêtes tes conneries, nous n'avons pas de taser, percute que depuis 1966 et l'arrêt Miranda, le passage à tabac, l'intimidation pour obtenir des aveux, la torture, sont tombés en désuétude pour interroger des citoyens états-uniens, surtout s'ils présentent en plus l'avantage d'être blancs, détail qui ajoute à leur présomption d'innocence... Laisse tes méthodes à nos services spéciaux pour déjouer les plans diaboliques des ennemies de notre démocratie...
-Je vais appeler des gus qui me doivent des services, pour qu'ils témoignent pour faire tomber ce pourri. Tuer une fille superbe comme Laura, bousiller une caméra, merveille de la technologie... il n'y a pas à chier, ce mec doit payer...
-Jim, les arrêts Escobedo et Miranda rendus par la cour suprême précisent que les aveux et la déclaration des témoins doivent être purement volontaires... Earl Warren, lorsqu'il était président de la cour suprême, avait, dans un arrêt rendu à la majorité, fait stipuler l'obligation de garantir aux citoyens leurs droits au silence et à l'assistance d'un avocat au moment de leur arrestation et pendant l'interrogatoire...
-Putain, t'en a toujours qui font tout pour gâcher le métier... Avec

Baltimore hécatombes / Alain René Poirier

leurs méthodes à la con, le pays dégénère, perd sa hiérarchie des valeurs, et tu finis par voir des gus assassiner des femmes sublimes alors qu'ils avaient le choix entre des centaines de moches, le nivellement par le bas, ne faudra pas s'étonner, si après ça, te décrètent comme art les graffitis immondes qui souillent nos murs, les préfèrent au « Garçon à la pipe » de Pablo Picasso ou à la « Construction molle aux haricots bouillis » de Salvador Dali. Je rends mon tablier, je ne veux pas assister à cet interrogatoire, je vais aller voir la femme de Maxou pour un complément d'informations pendant, que tu questionnes ton gus... avec civilités bien sûr... Si, dans ces conditions, tu arrives à en tirer quelque chose... Monsieur rêve...

Devant la désertion en pleine campagne de Jim, son excuse bidon pour folâtrer dans les sinuosités de l'interdit, je me colle à l'interrogatoire...
-John, où étiez vous au moment du meurtre de Laura ?
-Quand a-t-il eu lieu ?
-Vous devriez le savoir si vous l'avez tuée !
-Si je l'ai tuée, de toutes évidences, j'étais avec elle, mais un léger détail vous échappe, met à mal votre façon de voir les choses, je ne l'ai pas tuée, partant, j'étais forcément ailleurs, où ? Si vous ne me précisez pas le moment exact, je ne puis vous répondre.
-Vous reconnaissez que vous auriez pu la tuer ?
-Si j'étais l'assassin, certainement, ce serait même ma raison de vivre... Je plaisante... Mais je ne suis pas un assassin, je suis un manager et un arrangeur, c'est inscrit sur mes papiers d'identité.
-C'est ce que disent vos papiers certes, mais convenez avec moi que si sur les papiers des coupables de tous poils était inscrit « voleur » « violeur », « assassin » notre travail s'en trouverait largement facilité, ce n'est malheureusement pas le cas....
-Nous sommes aux états unis d'Amérique ici, pas au Mexique, vous devez donc prouver que je suis coupable, ce n'est pas à moi de justifier de mon innocence...

Baltimore hécatombes / Alain René Poirier

-Je sais, la conception de la justice anglo-saxonne, en opposition à celle de la justice latine...
-Je suis donc innocent ! Sinon prouvez le contraire !
-Quelles étaient vos relations avec Laura ?
-Professionnelles, affectives et sexuelles, parfois dissociées, parfois concomitantes.

L'interrogatoire de John m'apprends qu'il avait eu une relation avec Laura. Ils eurent un moment de froid après l'affaire de la musique signée par elle seule, dont il avait été dépossédé des droits. Dans la soirée il m'avoua qu'il était avec une dame dont il préservait l'intimité, puis à l'heure présumée du meurtre, il répétait chez lui, il était seul, mais affirme que des voisins s'étaient plaints du bruit... Un alibi friable, John pouvait avoir diffusé un enregistrement pour faire croire à sa présence... J'essayais de voir s'il connaissait Amy, sans succès, conformément à ses droits, il gardait désormais le silence... Il semblait sincère... Restait toutefois en bonne position sur ma liste des suspects. Je le libérais en lui demandant de ne pas quitter la ville sans m'avertir... Je demeurais au bureau encore une bonne heure pour le compte rendu de l'interrogatoire et toutes ces conneries de paperasseries obligatoires, pour éviter le « vice de forme »... T'as tellement de tatillons dans l'avocaillerie, la justice se préoccupe de moins en moins de savoir si le justiciable est coupable ou non, mais en premier lieu de vérifier que la procédure ait bien été suivie à la lettre. Tu ne fais plus le procès du coupable, mais du travail de ceux qui l'ont démasqué... En sortant du bureau pour rentrer chez moi, Maxou, le casque aux pieds, assis sur sa moto, mangeant un hot-dog, m'apostropha. Il avait la larme à l'œil.
-Alors Dick, John a avoué ? Il te manque des preuves pour le coffrer ?
-Et ça te fait pleurer de savoir qu'il ressort libre de mon bureau ?
-Non, les larmes sont dues à la moutarde de mon Hot-Dog, putain, c'est de la forte, je n'y suis pas allé avec le dos de la

Baltimore hécatombes / Alain René Poirier

cuillère pour en tartiner ma saucisse.
-Toujours aussi... Je ne terminais pas ma phrase, pas de temps à perdre avec ce con, pas de salive à gaspiller.
Cet emmerdeur passe sa vie sous mes fenêtres, écoute aux portes, une vraie saloperie de sangsue... Je haussais les épaules pour toute réponse, montais dans ma Chevrolet Caprice, démarrais dans un burn-out rageur, un putain de crissement de pneus, enveloppé par un nuage de fumée acre de caoutchouc brûlé... Calmé, j'avais repris une allure normale lorsque j'ai reçu un appel de Ted, un collègue, qui m'apprenait que John venait d'être découvert une balle dans la tête, allongé dans le parking du 806 Stiles St, juste en face du Fresh Seafood Market & Carry Out.

Jim avait rejoint Lindsay, qui l'attendait, gourmande, vibrante, maquillée jusqu'au bout des seins, parfumée comme une rose qui se donne, nue sous son peignoir de soie... La porte franchie, elle l'entraîna d'autorité dans la chambre conjugale, le déshabilla, lui goba le sexe pour le mettre rapidement dans les meilleures conditions. Jim fut immédiatement au maximum de sa forme, ils débutèrent la révision du Kamasutra par du classique, la petite cuillère, position qui permettait à Jim de lui serrer les seins tout en allant et venant dans ses chaleurs intimes, puis ils optèrent pour la position du missionnaire, Lindsay enserrant de ses jambes, avec frénésie, le bassin de Jim, pour donner du rythme et de l'ampleur à ses mouvements, promesse de sa jouissance, puis le trouvant suffisamment échauffé, elle lui demanda de tenter la brouette Thaïlandaise. Jim se mit debout près du lit, Lindsay s'agenouilla au bord, Jim souleva le bassin de Lindsay pour l'amener au niveau de sa taille. Lindsay les deux bras sur le lit, lui posa ses pieds sur les épaules. Jim contempla le corps de sa partenaire, puis fléchit un peu les cuisses pour que son sexe retrouve le chemin de la fournaise interne de son hôte... C'est du sportif, Lindsay n'est pas le modèle le plus léger... Jim se dit qu'il a raison de maintenir sa forme physique, c'est toujours

Baltimore hécatombes / Alain René Poirier

récompensé... il y a des moments où cela devient un atout... Les frottements rapides du pénis de Jim contre les parois de son vagin et les stimulations de son clitoris firent gémir Lindsay... Ils approchaient l'un et l'autre de l'orgasme, lorsque le téléphone de Jim sonna... L'effort de la position, la déconcentration due à ce putain de téléphone, lui occasionna une crampe dans le mollet gauche, il lâcha le bassin de Lindsay qui fit une roulade sur le lit, la sortie de son sexe des profondeurs de Lyndsay fut accompagné par un bruit d'aspiration... Jim se tira vigoureusement sur la pointe du pied, pour calmer la crampe, en se mettant les jumeaux internes et externes en extension. Calmé, Jim pris l'appel, furieux d'avoir été privé de sa récompense sportive...

Je le prévins de la mort de John et lui demandais de me rejoindre sur la parking... Jim me hurla que ce tueur commençait à le gonfler sévère, qu'il ne digérait pas d'avoir été interrompu alors qu'il était en position d'atteindre le nirvana en poussant la brouette Thaïlandaise transportant Lindsay, la compagne de Maxou, qu'il avait besoin de déverser son stress dans les chaleurs profondes de cette jeune et plantureuse femme. Sculpturale beauté qui nous venait de Jacksonville, en Floride, d'après mes infos.

Toutes sirènes hurlantes, j'adore rouler accompagné de ce son, je fonçais sur les lieux de découverte de ce nouveau cadavre. Face au parking, Maxou, sur sa moto, terminait son hot-dog qu'il tenait de la main gauche... étrange. Putain dites moi que je rêve... Je ferme les yeux, me pince, mais l'énervant est toujours tout sourire sur sa moto lorsque que je les ouvre à nouveau....

Jim hirsute, rubicond, me rejoint en jurant qu'à cause de ces conneries de mecs qui passent leur vie à se faire tuer, il va finir en peine à jouir, qu'il va guetter la moindre sonnerie de téléphone dès qu'il commencera à avoir le poireau en turgescence, que ça va lui couper la chique... Nous arrivons devant le corps de John, il gît sur le sol, la tempe perforée, du sang séché sur l'entrée de la

Baltimore hécatombes / Alain René Poirier

balle, il tient encore l'arme... La scientifique confirme des traces de poudre sur ses doigts et sur sa tempe, avec la brûlure qui va bien pour confirmer le tir à bout touchant... Le mec se serait suicidé ?
-Jim nous allons fouiller un peu chez lui, pour voir s'il y a des indices nous confirmant son implication dans les meurtres, trouver le mobile de son passage à l'acte.
-Je te suis Dick
      Nous prenons la direction de Nord Mount St, John habitait seul un immeuble de brique de trois niveaux, sur des fondations de granite, au 1526 de la rue. Dans son appartement nous découvrons un contrat de location géré par le cabinet de Amy Sheinin, un courrier lui indiquant qu'à la suite de plaintes de ses voisins, pour des agressions sonores, Amy menaçait de le faire expulser. Dans une chambre transformée en studio d'enregistrement, un système ReVox M100 couplé à un ordinateur équipé du logiciel Magix Music Maker 2016. Sur le disque dur, je découvre le fichier d'un morceau de musique avec des gueulements de voisins en arrière plan... Un alibi bidon, ou une preuve ?.. John n'est plus là pour le dire... Je garde l'option alibi bidon... Dans un tiroir, des brouillons de lettres de menaces à l'encontre d'Amy.... Voilà le chaînon manquant, le gus a tué les deux femmes, se sentant sur le point d'être identifié, il a mis fin à ses jours...
-Dick, je crois que nous venons de résoudre deux meurtres, le gus s'est suicidé, il a eu la délicatesse d'économiser les deniers publics en évitant à la communauté les frais d'un procès....
-Tu t'avances peut être un peu trop Jim, ça me semble trop simple pour négliger les autres hypothèses, rappelles toi la technique des prestidigitateurs...
En sortant nous retrouvons Maxou toujours ricanant, le cul appuyé sur le cadre de sa bécane...
-Alors les Sam Spade et Philip Marlowe de Baltimore, vous tenez

Baltimore hécatombes / Alain René Poirier

l'assassin d'Amy et de Laura... Un petit sourire, je vous tire la bobine, clic-clac Kodak, vous allez avoir votre tronche demain en première page du Baltimore Sun, devenir plus célèbre qu'Elvis, les gonzesses vont tomber à vos genoux... Vous allez constater combien la célébrité rend beau et séduisant, c'est comme le fric, aux yeux des autres, c'est plus efficace qu'un séjour en clinique esthétique.
-C'est sûr, lorsque tu tombes nez à nez avec Donatella Versace... Te faut un paquet de biffeton de 100$ plus haut que des talons de Louboutin, pour te faire trouver la tronche acceptable...
-Question gonzesses, je me contenterais de la tienne connard...
-Tu vois Maxou, Jim a des ambitions modestes....

Chapitre 4

Milford, idée renversante

Lorsque je disposerais d'un moment, il y a une chose à approfondir, c'est la motivation du Maxou. Ce type n'a pas une attitude normale, il doit avoir des raisons qui le poussent à se comporter comme le plus chieur des journaleux qu'il m'ait été donné de côtoyer depuis des années... En attendant, je vais aller m'enquérir auprès de notre informaticien pour savoir si le Blackberry d'Amy et son Apple ont parlé.

Un message sur le bureau m'indique que Tony, notre spécialiste du numérique, a un scoop, il me demande de me venir fissa. Un vrai geek en informatique, notre Tony. Je me pointe impatient, dans son labo. Tony tout sourire m'annonce qu'il a craqué les mots de passe des téléphones, agenda et ordinateurs d'Amy, qu'elle avait reçu beaucoup d'appels venant de la même personne, en provenance du Delaware. Malheureusement émanant d'un téléphone à cartes prépayées, pas moyen de l'identifier. Les triangulations ont situé les appels à cheval sur les contés de Kent et de Sussex, à Milford. Il a calculé que les appels ont toujours été émis de North St, ne peux pas en dire plus, ça limite déjà les recherches. Deuxième découverte de taille, de plus en plus curieux, ce sont les échanges du portable de Maxou avec ce même GSM.

J'appelle le Lieutenant Kenneth Brown, le chef de la police

de Milford, lui explique le topo, lui demande sa collaboration... Kenneth vient de prendre ses fonctions, récemment nommé à l'unanimité, le 16 décembre 2015, par le City Council, présidé par le Mayor Bryan Shupe. Kenneth, un gus de trente cinq piges, accepte de m'aider, il m'invite à le rejoindre pour mettre au point notre stratégie.

Je demanderai à Jim de venir avec moi, ça le reposera de ses interrogatoires des plus poussés avec Lindsay. Se mélanger avec les proches d'un suspect la fout un peu mal, question déontologie j'ai vu plus irréprochable, Jim, c'est l'espèce de ces policiers encore plus dangereux avec leurs sexes qu'avec leurs guns. Quand il t'avoue avoir tiré un coup, tu ne sais jamais si tu dois retrouver ses douilles ou ses spermatozoïdes, effectuer une recherche de paternité ou une autopsie...
-Jim prépare toi, nous partons pour Milford.
-Quand tu dis nous, tu m'impliques, ou tu te la pètes en parlant de toi à la première personne du pluriel, comme les rois français dans les livres d'histoire, les évêques dans leurs mandements, le fameux nous de majesté...
-Nous, pour ta pomme et moi, nous allons ensemble à Milford, les voyages formant la jeunesse, tu vas pouvoir te régénérer, tu seras plus en forme pour tes prochains interrogatoires de Lindsay... lui répliquais-je, du tac au tac.
-Laisse moi le temps de me retourner. Je prends deux ou trois trucs et je suis prêt.
-Tu te grouilles, départ dans une heure.
-Dick, tu crois qu'il faut apporter des graines pour les poulets du Delaware.
-Prépare-toi au lieu de dire des conneries !
-Sérieux, une escapade dans le Delaware... pour les vaccinations je ne suis pas à jour, en fréquentant les poulets locaux, je peux choper plus de maladies qu'un arapaima n'a de dents, du Gumboro, ce sida des poules, en passant par le Marek, cancer qui

Baltimore hécatombes / Alain René Poirier

se termine en paralysie, la maladie de Newcastle, cette peste aviaire, l'influenza H5N1 de la bande des virus grippaux... mes futurs enfants risquent de naître orphelins dans les prochaines décennies...
-Jim, si tu te contentais d'une décade pour arrêter de proférer des conneries... Nous partons pour interroger des quidams, pas pour baiser tout ce qui porte plume, frayer dans les poulailler... Pour le moment, je te vois surtout essayer de sodomiser les diptères, là non plus je te signale que tu n'as pas les protections immunitaires.
   Je jette dans un sac, deux rechanges de sous-vêtements, mon nécessaire de toilette, ma boite de « deodorant cream » Soapwalla, poudre végétale, huile essentielle de menthe poivrée, thé et lavande, mon savon pain de gycérine au charbon actif pour le visage, mon Coconut Milk Shampoo OGX.... le range dans le coffre de la Ford. Jim s'équipe à l'identique, mais toujours prévoyant, il me demande conseils...
-Dick, pour les préservatifs, je prends les Skyn Original boîte de 10 ou celle de 144
-Jim, nous allons enquêter, nous ne sommes pas invités dans une partouze, lui fis-je remarquer, nous nous rendons au police department de Milford, pas au « Adult Emporium » de Las Vegas, ni au « Hot Wife Swinger Club » de Newark...
-Dick, je sais, mais imagine que nous soyons invités le soir, nous devons faire bonne figure, ne pas offenser nos hôtes par un refus méprisant... Tu veux déclencher la guerre des polices entre états ?
-Jim, si un jour tu faisais passer ta conscience professionnelle avant ton plaisir égoïste !
-Dick, pense un peu à notre image, après les émeutes, nous devons redorer le blasons de la police de Baltimore, nous montrer sous un jour plus valorisant, donner l'envie... Égoïste moi ? Ne suis pas le genre, je ne pense qu'à mes futures partenaires, la preuve, j'ai mis une boîte de Gel Orgasmique féminin, Durex Play, tu vois que le côté égoïste laisse place à l'altruisme, le prévenant, le mec à

Baltimore hécatombes / Alain René Poirier

l'écoute, le partageur, l'attentif au plaisir de l'autre...
-Putain tu n'es pas possible, tu racontes ça dans un bouquin, personne ne te croit, trouveront que l'auteur pousse un peu loin le bouchon... Et c'est moi qui me coltine un adjoint de ce calibre...

Je retiens deux chambres au Hampton Inn Milford, 100 Lighthouse Estates Drive... J'exige qu'elles ne soient pas contiguës, si l'autre malade s'envoie en l'air toute la nuit, je veux pouvoir dormir... Le Hampton Inn est le meilleur hôtel de la ville.... Au diable les varices, comme disait Nancy Reagan.

Nous partons aussitôt pour Milford, à bord de la Ford de Jim. Prévoyant le coup, pour éviter de me faire pourrir les tympans par la musique de merde qu'affectionne mon adjoint, j'avais pris sur moi une clé USB chargée de « Lola » des Kinks, « Keep on Running » du Spencer Davis Group, « L.A Woman » des Doors, « Minight Rumbler » des Rolling Stones, « Sunshine Of Your Love » des Cream, « Woodoo Child » de Jimi Hendrix, « Catolics Girls » de Frank Zappa, « Wild Things » des Troggs, « Like a Rolling Stone » de Bob Dylan, « Hot Love » de T.Rex, « I Wanna be Your Dog » des Stooges, « I am The Walrus » des Beatles, « Smoke on The Water » de Deep Purple, « Whole Lotta Love » de Led Zeppelin, « The Story of Bo Diddley » des Animals, « Gloria » des Them, « My Generation » des Who, « Be Bop A Lula » de Gene Vincent, « Come on Every Body » d'Eddie Cochran, « Tutti Frutti » de Little Richard, « Not Fade Away » de Buddy Holly, « Blue Suede Shoes » d'Elvis... et pleins d'autres trucs plus écoutables que les daubes de Jim... Pour le fun, j'ai même une version de « Kashmir » par les gonzesses New Yorkaises « Lez Zeppelin » où Sarah McLellan se prend pour Robert Plant, Steph Paynes pour Jimmy Page, Helen Destroy pour John Bonham du temps de son vivant, avant les quarante vodkas qui lui coûtèrent de s'étouffer dans ses dégueulis, et Lisa Brigantino pour John Paul Jones... Arrivés devant le 400 NE Front St, nous nous garons sur la petite place, face au bâtiment

Baltimore hécatombes / Alain René Poirier

au fronton duquel s'inscrivent « Richard D. Carmean Building » surmontant le « Milford Police Department ». Nous gravissons les quatre marches du petit perron, poussons la porte blanche à doubles-battants, entourée symétriquement de deux fenêtres de part et d'autre. Bâtiment en briques rouges, des combles aménagées, éclairées par cinq lucarnes. La porte poussée, un flic de terrain nous conduit au bureau du chef. Kenneth les pieds sur le bureau téléphone, lorsque nous entrons. De la main il nous invite à nous asseoir. Il écourte la communication, prenant prétexte de notre présence. Pose le récepteur sur la base, pivote sa chaise en reposant les pieds sur le sol, se lève d'un bond pour nous shaker l'arm chaleureusement. Vraiment un type jovial, qui dégage une véritable empathie. Présentations faites, le courant passe entre nous, je sens que nous allons faire du bon boulot. Kenneth c'est le genre cool, dévoué, qui collabore sans arrières pensées. Sur North St, Kenneth consulte ses fichiers concernant les actes de délinquance. Ce qui l'intrigue, c'est cette histoire de sang de poulet sur la victime, il ne voit rien qui puisse avoir un lien dans les délits habituels, les cambriolages, usage de drogue, meurtres classiques, ivresse sur la voie publique, enfin toutes ces conneries habituelles que l'on commet pour se changer les idées, dans une petite ville de province, quand tu n'as pas de femmes de notables à aller culbuter, où il ne se passe pas grand chose en apparence, hormis des parties fines échangistes, où se mélangent les semences de la Nomenklatura locale, de ses prédicateurs et autres parangons de vertu, dans des maisons cossues décorées de bien-pensance, à l'abri des oreilles indiscrètes et des curiosité des globes oculaires... Kenneth se grattait la tête depuis quelques secondes lorsqu'un sourire se dessina sur son visage, l'éclaira, l'illumina, t'aurais cru qu'il venait d'allumer ses Light-Emitting-Diodes...
-Une idée me vient, il y a bien cet artiste complètement barré, Ted Pringston, il peint des tableaux avec le sang de ses modèles. Ce

Baltimore hécatombes / Alain René Poirier

mec, a fait l'année dernière, une exposition dans laquelle, une série consacrée aux volailles, avait défrayé la chronique, tableaux peints avec le sang de ces bestioles caquetantes, volatiles qui sont aussi, comme vous le savez, une des richesses économiques de notre état...

Jim et moi le regardons avec étonnement, il est devenu rayonnant, une sorte de lumière intérieure qui lui suinte de tous les pores de la peau, il irradie, devient soleil, Râ, il est beau comme la vierge phosphorescente que Jim utilise comme presse-papiers, sur le dessus de sa collection de revues pornos... ses « Taboo », « Purely 18 », « 18+ », etc... prétextant qu'une salope voilée, qui essaye de nous faire gober sa virginité permanente, ce qui n'est pas flatteur pour son mari Joseph, ribaude qui se fait tirer sans protester par un inconnu venu d'on ne sait où, plus ou moins venu du ciel, la bite à la main, bien qu'il ne fut point son cousin, ce qui exclut de la liste des géniteurs potentiels, les anges. Un inconnu qui la fout en cloque, et cerise sur le gâteau, la sainte-nitouche accuse le Saint Esprit pour faire passer la pilule à son cocu de mari, le naïf Joseph. Elle y sera en bonne compagnie sur les icônes prescriptrices de sopalin, glosait-il. Comme qui dirait, elle a toute sa place sur son kit branlette de secours, en devient l'enseigne, le logo...
-Ce Ted, est-ce un disciple de Sarah Levy ? Cette artiste, journaliste, féministe homosexuelle qui a fait le portrait de Donald Trump en utilisant son sang menstruel...
-Putain, elle peint avec ses ragnagnas, tu visites son atelier le matin, ça te met en appétit pour la journée. Manque plus que les tampons usagés accrochés en boucles d'oreilles pour compléter le tableau... Avec quoi peindra-t-elle une fois ménopausée ?
-Jim, ne t'emmerde pas avec ce genre d'interrogation... Elle trouvera une solution, t'as encore des sphincters qui fonctionnent après la ménopause, te reste de l'effluent pour qui se cherche de la matière... pour exprimer sa fibre créatrice...

Baltimore hécatombes / Alain René Poirier

-Elle pourra artistiquement faire concurrence à Pierre Manzoni et ses 90 boîtes de conserves contenant chacune 30g de sa propre merde, boîtes numérotées, signées, étiquetées
« Artist's Shit, Contents, 30g Net, Freshly Preserved, Produced and tinned in May 1969 »
Des boîtes très recherchées par les collectionneurs, certaines ont une petite tendance à fuir, ce qui ajoute des sens supplémentaires aux plaisirs artistiques, complète la vue et le toucher par l'odorat et... d'où vient certainement l'expression « un goût de chiotte »...
-Serait plus dans le courant de Jacques Lizière, l'inventeur de l'art nul, qui peint ses tableaux avec de la merde.
-Si on revenait aux choses sérieuses, il me semble que nous avons fait le tour de la scatologie artistique. Où peut-on trouver ce Ted Pringston ? Interrogeais-je Kenneth
-Je téléphone chez lui, pour m'assurer de sa présence...
Après trois sonnerie, une voix féminine se fait interrogative, Kenneth branche le haut-parleur et répond...
-Hi, Sarah, Kenneth du police department, j'ai besoin de parler à Ted, est-il là ?
-Pas de chance, non, il est absent pour le moment, il est parti depuis une semaine en Australie, au zoo de l'Alma Park à Brisbane, il participe à une étude sur le comportement des kangourous. Là bas ils étudient la technique utilisée par les kangourous pour éviter des obstacles de trois mètres de haut, pour franchir en un bond des distances de plus de sept mètres. Pour cela, ils ont équipé des bestioles de balles réfléchissantes infrarouges, enregistrent les mouvements avec des caméras, une technologie mise au point sur le tournage du Seigneur des Anneaux... Ils ont démontré que tout le secret tient dans leur queue, qui sert de contrepoids, qui emmagasine l'énergie et la restitue au moment du saut... Grâce à leur queue ils dépensent très peu d'énergie...
-Sarah, je te remercie pour ces explications, mais quand rentre

Baltimore hécatombes / Alain René Poirier

Ted ?
-Il ne rentre que demain matin, confirme Sarah...
　　　Jim qui avait suivit avec intérêt la conversation, se dit avoir de nombreux points communs avec les kangourous... Comme pour eux toute son énergie se concentrait dans...
-Jim, ce n'est pas le moment ! Kenneth qui est cette Sarah ?
Kenneth nous précise que Sarah, sexuellement une bi, vivait auparavant avec Russie, son ancienne compagne, qu'elle avait défrayé la chronique par des actions Femen contre le juge Antonin Scalia, un réac de la pire espèce qui rejette la science pour se référer aux lois édictées par la religion.... Elle n'est en couple avec Ted que depuis huit mois.
-Son adresse ?
-Il habite une de ces grandes maisons en bois peintes en gris, aux toits d'ardoises. La sienne jouxte le cimetière, avec son atelier sur l'arrière, dans un local séparé... C'est à l'angle de North St et de la 4ème Nord ouest, nous irons le trouver demain.
　　　En attendant Jim et moi, nous nous rendons à l'hôtel pour contacter le bureau et nous préparer pour la suite...
　　　Jim, à l'hôtel, durant le repas du soir, entreprend la serveuse, qui semble succomber à son charme, elle prend note de son numéro de chambre, demande même si elle peut venir accompagnée d'une amie a elle... Jim acquiesce, n'avait pas envie de ramener à Baltimore sa boîte de préservatifs tutti frutti...
-Wop bop a loo bop a lop bom bom ! Chantait Jim, heureux de la tournure que prenait sa soirée.
　　　La nuit fut réparatrice pour moi, j'imagine plus animée pour Jim.
　　　Le lendemain matin, Jim me rejoint pour le petit déjeuner, il a les yeux au milieu de la figure, il m'avoue même un dos lacéré de griffures... La serveuse semble en forme, lui lance une œillade enamourée à chaque passage... son amie assise devant sa tasse de thé, dans un coin de la salle, sourit aux anges en se caressant

Baltimore hécatombes / Alain René Poirier

l'entre-jambe...

Jim ne put s'empêcher de me narrer sa nuit... Il semblait fier de lui, le genre qui vient de décrocher la médaille d'or au triathlon.

-Kati et Lily sont arrivées vers 11 H pm, déjà un peu grisées... A peine la porte ouverte, elles se sont précipitées vers mon lit. Je me suis assis entre elles deux, ai commencé à les embrasser doucement, alternativement... dans leurs yeux j'ai compris que je leur plaisais... Elles n'étaient pas gênées de se trouver en concurrence, je crois même que cela les excitait, c'était à celle qui se montrerait la plus sensuelle pour attirer mes mains sur elle. Je m'occupais de Kati lorsque Lily décida de nous masser tous les deux pendant ce temps-là. Au bout de quelques minutes, Lily lui a demandé de prendre la relève. Là, elle s'est collée à moi, de façon à ce qu'une fois sa mission accomplie, Kati ne puisse regagner sa place à mes côtés. En vain. C'est là que les choses ont commencé. Je me suis mis à embrasser Lily et, en même temps, à caresser le dos de Kati. Je me suis pris au jeu, devenu de plus en plus entreprenant, je lui ai passé la main sous son T-shirt, ai déboutonner son pantalon. C'est à ce moment que les filles se sont levées, dévêtues, m'ont arraché mes derniers restes de textiles, m'ont plaqué sur le lit, ont pris possession de mon corps. Elles s'agitaient sur moi, se mêlaient, se frottaient, me léchaient, s'embrassaient, se caressaient, me pétrissaient, s'emboîtaient sexe contre sexe, me faisaient pénétrer en elles, s'offraient à ma bouche...

-Jim permet moi de te couper ! Ma nuit fut plus calme que la tienne. J'ai dormi comme un loir, couché après le repas d'hier soir où l'on nous a servi du poulet frit, ma seule folie pour jouir des spécialités locales, pour rester dans le ton...

-Tu viens longtemps après mon Rabbin pour me couper Dick, pouffa-t-il... Je te confirme que tu perds ton temps, ça ne repousse pas... Gloussa-t-il à nouveau, content de sa saillie

Baltimore hécatombes / Alain René Poirier

C'est tout Jim, ça, le graveleux n'est jamais loin du mauvais goût qui côtoie le vulgaire...

    Petit déjeuner pris, nous allons prendre la température de la ville, sentir l'atmosphère, observer les comportements, décrypter les habitudes... Nous déjeunons à l'Abbott's Grill 249 NE Front St. Menu à 35 $ avec apéritif, entrée aux choix, plat, dessert. Repus, nous allons rejoindre Kenneth... Il nous attend au volant de sa voiture de service. Nous prenons place dans sa Ford. La radio émet une rediffusion du concert du 11 novembre 1966 de John Coltrane à la Temple University of Philadelphia, devant seulement 700 personnes... C'était huit mois avant son décès d'un cancer du foie. « Naima », « My Favorite Things », sont joués de manière hallucinante, suit la ballade « Crescent » où l'on sent une tension extrême, pas du tout la version tranquille en studio... comme s'il pressentait que c'était sa dernière interprétation, qu'elle deviendrait la référence... Nous écoutions en silence, la voiture toujours immobile, personne ne voulait mettre un terme à ce moment de grâce... Kenneth finit par consentir à démarrer, nous partons à la rencontre de ce Ted. Arrivés devant sa demeure, nous nous alignons genre Dalton, puis sonnons. Sa compagne apparaît dans l'encadrement de la porte, le haut du corps nu sous un filet de pêche, les pointes de seins ornés d'une étoile de mer, maquillée à la truelle, un chapeau à voilette lui mouchetait le visage, des bas résilles, un string léopard albinos, aux pieds des chaussons de feutre roses ornés de gros pompons violine.

    Posés à même le sol, Jim observe un tas de livres, écornés, stabilo-bossés, tous les mêmes, dix sept exemplaires compte-t-il. Interloqué il pose la question.
Soulevant sa voilette pour mieux nous dévisager, Sarah nous indique que le maître adore lire en français, « Chronique de la mort au Bout » de Léonel Houssam, qu'il en relit des passages chaque jour, lorsqu'il a terminé le livre, il en commande un nouvel exemplaire pour le relire puis, elle nous indique que nous

Baltimore hécatombes / Alain René Poirier

trouverons Ted dans son atelier. Il est en pleine création, précisa-t-elle. Vous prenez vos responsabilités en allant le déranger pendant cette période féconde, c'est à vos risques et périls, il est imprévisible... L'atelier se trouve sur l'arrière de la maison, indique-t-elle, puis se retourne, pivotant sur le talon gauche, les bras perpendiculaires au corps, en criant « léon » comme un paon, dévoilant une croupe ou une représentation tatouée de la Joconde à moustaches de Marcel Duchamp nous sourit étrangement. Nous la regardons s'éloigner, Mona Lisa semblait nous faire de l'œil, lorsqu'un courant d'air nous claqua la porte au nez... Nous nous rendons à l'atelier du Picasso local, la porte est ouverte, Ted est en pleine transe créatrice, la sono de sa chaîne diffuse « The Dead Heart » de Midnight Oil, sur l'écran géant fixé sur le mur opposé, sautent des kangourous, un aborigène souffle dans un didgeridoo accompagnant un chanteur de bungguri.... Ted est nu, il marche sur les mains, porte un chapeau haut de forme entre les cuisses, ce qui lui dissimule le sexe, une cravate à la base de chaque cuisse, une rouge à droite, une verte à gauche, il tient un pinceau entre ses orteils. Un flacon de sang sur une table basse lui sert de palette, un enchevêtrement de lignes dégoulinantes dans des dégradés marronnâtes s'inscrivent sur la toile... A notre approche il émet une sorte d'éternuement comme le dingo, ce chien sauvage d'Australie... Par chance pour nos oreilles il n'aboie pas, tout comme son modèle d'ailleurs.
-Ted, vous avez une minute, des collègues de Baltimore aimeraient vous poser quelques questions...
-Avant toutes choses attachez vous ces cravates autour des cuisses, la verte à la cuisse droite, la rouge autour de la gauche... C'est fait ? Convenons que pour nous croiser nous devons le faire cravates vertes à l'intérieur.... Revenons au motif de votre visite qui trouble ma créativité ! Je vous préviens tout de suite, si c'est pour me demander des œuvres pour une vente de charité, ma réponse sera négative... s'exclame-t-il en venant nous renifler

Baltimore hécatombes / Alain René Poirier

l'entrejambe... Il semble se figer en reniflant Jim, sur une main, l'autre marquant l'arrêt comme le réalise le setter irlandais devant un corncrake écossais. Comme nous avons la queue baissée, il ne perçoit pas d'hostilité de notre part, son poil se couche, ses babines retrouvent leurs rôles de dissimulation de ses crocs, crocs qu'elles laissaient apercevoir l'instant d'avant.
-Rassurez-vous ce n'est pas notre intention, mais ne pouvez-vous pas vous remettre sur vos pieds pour poursuivre notre entretien ?
-Pas possible, je suis sur une exploration spirituelle de l'inspiration des aborigènes d'Australie, j'essaye d'être en contact télépathique avec les ondes du grand esprit communautaire. Comme les Aborigènes vivent dans l'hémisphère sud, je dois avoir la même position qu'eux par rapport au grand tout de l'univers.... je m'irrigue le cerveau plus complètement pour arriver à un niveau de conscience de type 2....
-Ne nous tenez pas rigueur si nous restons sur nos deux pieds....
-Libre à vous de privilégier l'irrigation de vos pieds au détriment de votre intellect... C'est une tendance encouragée dans un monde où tout n'est que matériel, les pieds au détriment du cerveau. Tu trouves des médocs pour les jambes lourdes, pas pour les cerveaux légers, d'autres pour les règles douloureuses, rien pour la pensée cahoteuse... Ont même lancé le virus Zika pour fabriquer une génération de microcéphales. Les dirigeants du monde trouvaient que l'enconnement des masses par le numérique n'était pas assez rapides, que l'école ne t'abaissait pas au bon rythme, encore trop d'humains qui réfléchissent, au lieu de bouffer, de s'empiffrer, de consommer... en reste même qui achètent encore des gazinières pour cuisiner, alors que t'as du tout prêt industriel qui te permet bouffer sans perdre de temps, t'économise sur le matériel de cuisson, en prime ça t'enlève tous soucis d'inquiétude sur la somme qui te sera octroyée à la retraite... tu seras crevé juste avant... Autre avantage pour eux, ça supprime le gaspillage, dans de l'industriel tu mélange tous tes

déchets, beaucoup plus rentable. Ils ne veulent conserver que les parties consuméristes du cerveau... Doivent avoir des dresseurs de moustiques tigres, pour les faire choisir les masses populaires comme cibles, épargner les élites...
-Nous ne sommes pas venus pour disserter sur les avantages et les inconvénients du libéralisme, ce n'est pas le but de notre visite, nous voulons savoir si vous vous êtes rendu à Baltimore dans la nuit de samedi à dimanche le...
-Baltimore en Australie ? En voyage astral, puisque j'étais à Brisbane ? Vous me prenez pour un adepte de Lu Tsou, l'auteur de « le secret de la fleur d'or », livre chinois sur la méditation transcendantale.
-Il n'y a pas de Baltimore en Australie... Je vous interroge sur votre présence ou non, à Baltimore dans le Maryland, votre voisine.
-Pas de Baltimore en Australie, c'est possible, je n'ai pas eu le temps nécessaire pour visiter le continent de fond en combles, mais ce qui est certain, c'est qu'il s'y trouve des kangourous roux, des kangourous géants, des kangouroux gris, des kangourous antilopes des wallaroos, des wallabys, des kangourous arboricoles, des pademelons, des quokkas !
-Je sais qu'il y a toutes ces bestioles qui sautent partout, j'ai vu les documentaires, mais je n'en ai rien à carrer de vos marsupilamis, je vous pose une question précise, je veux une réponse tout aussi précise...
-Respectez les macropodidés s'il vous plaît.... Savez vous que les kangourous n'ont pas de puces, en connaissez-vous la raison ?
-Ce n'est pas une question qui me taraude l'esprit dès le réveil, je l'avoue.
-Les puces sautent, pas vrai ?
-Certes, c'est une de leurs caractéristiques.
-Elles piquent aussi, se mêla Jim.
-Les kangourous sautent aussi, n'ai-je pas raison ?

Baltimore hécatombes / Alain René Poirier

-Les kangourous eux ne piquent pas, ajouta Jim, qui poursuivait sa ligne de pensée, ils boxent...
-Cela semble une vérité.
-Leurs sauts ne sont pas coordonnés, de ce fait, qui met en cause les lois de la gravitation, les probabilités et les fondements de la pataphysique énoncés par le Docteur Faustroll, les puces retombent toujours à côté du kangourou...
-La pataphysique ? Interrogea Jim
-Oui, la science des solutions imaginaires qui accorde symboliquement aux linéaments les propriétés des objets décrits par leur virtualité...
-Linéaments ? Quel est ce charabia ? S'inquiéta Jim.
-C'est l'ensemble des lignes élémentaires qui indiquent la forme générale d'un objet ou d'une bestiole, humains compris.
-Pour éviter d'avoir des puces, nous devrions nous aussi nous déplacer par bonds ? Questionnais-je.
-Con comme est l'humanité, serait foutu de sauter synchronisée, dans ce cas, nous récupérerions toutes les puces... surtout celles des kangourous.
-Nous avons bien fait de ne pas en avoir en Amérique, conclut Jim.
-Nous avons donc raison de nous contenter de la marche comme moyen de déplacement...
-Ces braves marsupiaux ont aussi une supériorité sur vous, au repos, leurs queues servent de trépieds, et lorsqu'ils courent, de balanciers... si vous cherchez à les imiter, au repos, vous allez vous casser la gueule, vous avez le trépied un peu court mon ami...
-Amusant.... Je vous le répète, je parlais de Baltimore dans le Maryland, alors votre réponse !...
-Il n'y a pas un seul Kangourous dans le Maryland, pas le plus petit setonix brachyurus ! Même au zoo, il n'y en a pas, j'avais payé 18 $ pour m'en assurer, il y a des animaux africains, des reptiles, des oiseaux, un tas de bestioles diverses, mais pas de

Baltimore hécatombes / Alain René Poirier

kangourous...
-Je n'accuse aucun kangourou de meurtre, je veux juste vérifier votre alibi, pas votre wallaby !
-Savez-vous pourquoi, lorsque je veux dessiner une puce, je ne fais que des portraits de chats, de chiens, de hérissons ou d'humains.
-J'avoue que ce n'est pas une question qui me turlupine...
-D'ours ? Ajouta Jim
-Plait-il ?
-De mamouth
-Je ne vous suis pas.
-D'âne
-Quel est le rapport ?
-Vous avez dit : turlu« pine », alors j'essaie de l'atribuer...
-Je suis atterré ! Confessais-je.
-Il vaut mieux être atterré qu'enterré..
-Là, je suis dans l'obligation de me chatouiller pour rire, pourtant je n'ai pas les lèvres gercées.
-Je vous donne la réponse, parce-que les puces sucent le sang des animaux et des humains, c'est ce sang qui se trouve au bout des poils de mon pinceau... Il détermine donc le motif du dessin.
-C'est certainement la bonne réponse, mais je ne vous interroge pas sur vos dessins, je vous demande si vous avez mis les pieds à Baltimore dans la nuit de Samedi à Dimanche le... !
-Pouette pouette.
-?
-Désolé, si j'entends des seins, je fais toujours pouette pouette.
-Putain, j'ai dit dessins, pas des seins, c'est mal parti, je vous redemande, où étiez vous dans la nuit....
-Vous m'avez bien regardé ?
-Ne soyez pas méprisant pour Baltimore !
-Je ne suis pas méprisant, mais convenez cher pas ami, que j'ai autre chose à foutre de bien plus important, que d'aller me

Baltimore hécatombes / Alain René Poirier

baguenauder à Baltimore, ville qui n'abrite aucun kangourou. Je modifie actuellement, par des exercices de concentration mentale, la programmation de mon chromosome 17, qui détermine ma station debout, pour que ma bipédie devienne une bicheirdie....
-Une quoi ?
-Le mot bipédie signifie marcher sur les pieds, j'ai créé le mot bicheirdie pour marcher sur les mains... Du Grec « Cheir » qui se traduit par main
-Avec vous, « marcher » doit forcément être complété, avant vous, le vocable se suffisait à lui tout seul, marcher sous-entendait que ce fut à l'aide de ses pieds.... Je ne suis pas certain que ce vocable soit voué à un grand succès.
-En tant que bicheirde, je n'ai donc pas pu mettre les pieds sur le sol de Baltimore, au pire, y aurais-je mis une main, un doigt, une phalange, un ongle... S'il y avait des Kangourous, je ne dis pas... Ma réponse est donc négative... Regardez cette toile, elle est réalisée avec du sang de kangourou, pourquoi ce média me questionnerez-vous... Parce-que je veux rejoindre le « Temps du rêve », cette plage infinie aux senteurs suaves, traversée de brises légères, au climat doux et tempérée, dans un printemps infini qui vit naître le monde... Je veux rejoindre l'esprit des Aborigènes, leurs voyages initiatiques parmi les premiers animaux-dieux, le tout début de l'humanité, ce fameux temps du rêve... Retrouver cette civilisation de l'esprit roi, de la recherche de son développement personnel, des échanges par transmission de pensée, civilisation détruite par les sauvages du Dieu pognon, Dieu tyran qui ne permet aucune concurrence, aucune autre possibilité, sachant que s'il le faisait, il disparaîtrait. Dieu Pognon qui ne conçoit que le matériel, craint plus que tout l'intelligence, exige la soumission, la récitation imbécile de ses prières pour saturer les cerveaux, leur ôter toute possibilités de réflexions personnelles... Dieu prêt à tout pour survivre, prêt à créer ses propres ennemis, prêt à sacrifier ses enfants, pour ensuite les

Baltimore hécatombes / Alain René Poirier

poser en victimes, boucliers efficaces pour ne plus être contesté, te les jetant à la gueule, si tu oses t'interroger sur sa légitimité...
-Quelqu'un peu témoigner de votre présence à Brisbane ?
-Tous les esprits des Aborigènes.... Rejoignez le rêve, j'y ai des milliers de témoins... Les Kangourous, le confirmeront.... Certains Koalas aussi, bien qu'ils ne zébulent pas... ils se contentent de branchader.
-Zébulent ?
-Que fait Zébulon sur son ressort ? Il imite les kangourous, il saute....
-Brancharder ?
-Putain faut tout vous expliquer, imaginez comment se déplace le Koala sur sa branche d'eucalyptus ? Il branchade... la contraction de branche et ballade...
-Ted, vous connaissez Amy Sheinin ?
-Putain faut vous suivre dans la police, vous sauter du Dodo à l'Okapi...
-Et encore vous ne connaissez pas Jim, pour ce qui est de sauter... Revenons à Amy.
-Oui, bien sûr, I Know her for sure, since a long time, elle m'a commandé des toiles de Kangourous pour la fusion de son cabinet d'avocats dans l'immobilier, avec la société Australienne de Brisbane Suncorp... le siège social de la nouvelle entité sera dans le Delaware... question fiscalité... D'ailleurs je suis ennuyé, ça fait trois jours que je n'ai plus de nouvelles d'Amy, elle me doit encore 30% de sa commande... Si elle ne me paye pas, je remplace les kangourous par des wallabys, ou des pademelons... faut pas se foutre de ma gueule, je lui réduis ses bestioles de 30%...
-Vous n'y allez pas avec le dos de la cuillère dans vos mesures de rétorsion !
-Tu vois petit pour le pognon, t'auras petit pour le marsupial... Pourquoi cette question, vous la connaissez ?
-Je pense que vous serez contacté par d'autres représentants de sa

société, vos kangourous n'auront pas à rétrécir, quand à elle, ses pas la dirigent vers les grands espaces...
-Je préfère ça, j'ai déjà achevé sept toiles...
-Nous avons aussi remarqué que vous aviez des contacts téléphoniques avec Maxou du...
-Baltimore Sun, oui... Ce n'est pas possible vous m'espionnez, traquez mes faits et gestes, me googlisez, me facebookisez... vous êtes de la police ? Êtes capable de me foutre un saginata espion pour savoir ce que je mange, ce qui se passe dans ma tripaille, me piquer des oxyures « indics » autour de l'anus pour connaître la marque de mon papier cul... C'est ignoble... Je reconnais bien là les agissements des sbires du Dieu Pognon.
-Si vous regardez attentivement notre voiture garée devant votre porte, vous y trouverez la confirmation, nous enquêtons sur une série de meurtres ou d'assassinats....
-Maxou est un ami, il fait des articles élogieux sur toutes mes expos, il a même convaincu son père de m'acheter des toiles. Son vieux a pris toute ma série sur les gallinacés, il les expose dans le hall de la maison mère de Legg Mason, vous en trouverez également dans les quarante étages du building, le plus haut de Baltimore après le 10 Inner Harbour où il habite. Excusez moi, je vais me reposer un instant, j'ai des crampes dans le bras, cette discussion me fatigue.
Ted se dirige vers une ancienne chaise percée, s'appuie les épaules sur le siège, passe sa tête par le trou autrefois destiné au passage des... Vous connaissez l'utilisation de la chaise percée, je ne m'étends pas...
-Vous êtes bien installé ? Nous pouvons poursuivre ?
-Taisez-vous, écoutez, écoutez, écoutez... murmura-t-il d'une voix presque inaudible.
-Je n'entends rien, se hasarda Jim.
-Chuuuttt
-Moi non plus, confirmais-je

Baltimore hécatombes / Alain René Poirier

-CHUUUTTT !!!
-Rien de rien, surenchérit Kenneth.
-Vos gueules bordel !
-Attention, restez dans le cadre de la bienséance, « vos gueules » passe tout juste, puisque le vouvoiement marque le respect, mais c'est la limite, le tutoiement aurait été intolérable
-N'entendez-vous pas le long gémissements de mes glandes sudoripares qui enfantent, dans la douleur voulue par Dieu, des perles de sueur sur mon beau visage buriné par les embruns...
-Tu enfanteras dans la douleur, puisque tu a procréé dans le plaisir, versé 12,5 de l'épître à Sainte Burne, je connais. Kenneth je crois que nous ne devrions pas abuser plus longtemps du temps de Ted qui semble précieux...
-Messieurs, cette remarque vous honore, serrez moi le pied, on ne s'embrasse pas, votre position ne vous met pas face à ma bonne figure, sans avoir joué avec mes boules, dans le doute, bien que votre défaite eut été certaine, vous n'êtes pas contraints d'embrasser fanny, énonça-t-il en français.... Ted se prévalait de connaître les langues étrangères et en était parfois ostensible.
Il pivota sur la chaise, nous tourna le bas du dos et parti d'un rire gras.... dans un enchaînement de flatulences que Jim eu la présence d'esprit d'enflammer avec son briquet... De loin Ted ressemblait à une torchère, derrick se détachant sur le paysage désertique que diffusait son écran LED.
  De retour au police department de Milford, je demandais à Kenneth de m'en dire un peu plus sur Ted.
-C'est une histoire curieuse, la mère de Ted a accouché de vrais jumeaux, Teddie Jim et Jim Teddie, des monozygotes, personne ne pouvait les différencier. Lorsqu'ils eurent trois ans, l'un d'eux s'est noyé dans la piscine familiale, on ne sait pas si c'est un accident ou si l'un des frères a poussé l'autre... nous n'avons aucune idée de l'identité du survivant, est-ce Teddie Jim, ou Jim Teddie, lequel des deux est vivant, what is the question. Ted se

Baltimore hécatombes / Alain René Poirier

sent les deux, se respire les deux, se vit les deux à la fois. Il refuse d'accepter la mort de son frère, mort qui pourrait être la sienne... Peut être refuse-t-il aussi d'assumer son geste, s'il a réellement poussé dans l'eau la deuxième moitié de lui même. Au moment des faits, il n'a averti personne, rien tenté pour sauver son jumeau. Il est resté au bord de l'eau à regarder son frère, sa moitié de lui même, faire des bulles... Il criait bravo, bravo, battait des mains, devant le spectacle de l'enfant qui se noyait sous ses yeux... avant de fondre en larmes, parce que les bulles avaient cessé de remonter, que son frère n'envoyait plus de messages, était devenu muet, ne lâchait plus de bulles, bulles qu'il aimait voir éclater à la surface de l'eau. Il imaginait qu'elles contenaient des paroles qui s'envolaient vers le ciel, que son frère parlait aux oiseaux, aux nuages, au vent, un peu comme les bulles des comics dont il se gavait des images sans en déchiffrer le sens... Il y avait des mots dans les bulles, forcément, forcément... C'est tout ce que j'ai appris sur lui par un vieux jardinier, qui travaillait pour ses parents. Maintenant cet homme fait quelques heures de jardinage pour entretenir les parterres du poste de police et compléter sa maigre pension de vieillesse que lui verse le fond de pension de Goldman Sachs...
-Dramatique histoire, un lourd secret à porter... mais ça n'en fait pas notre coupable pour autant... Je reste perplexe...
    Nous remercions Kenneth de sa collaboration, et reprenons la route de retour pour Baltimore...
    Jim me demanda de conduire... c'était un putain de traquenard.... Nous écoutions la radio WYPR, la rubrique littéraire nous apprit que Maxou venait de publier chez Penguin Random House « La vie de Kevin » Suivait l'interview du pisse copie qui se prenait visiblement pour Thomas Pynchon et Cormac McCarthy réunis....
-Ce n'est pas possible le Maxou, même sans le voir, il nous pourrit la vie à la radio...

Baltimore hécatombes / Alain René Poirier

Jim remplaça la radio par la musique de sa clef USB... Le traître en profita pour mettre ses airs préférés... L'infâme alla jusqu'à me faire subir les derniers outrages auditifs, notre route fut accompagnée de l'œuvre complète de Céline Dion, que dis-je accompagnée, agressée, pourrie, rendue infernale. Ce malfaisant avait enregistré les CD de « D'eux », « Water and a Flame », « Sans Attendre », « Let's Talk About Love », « These Are Special », « Miracle », « My Love », « All The Way », « Falling into You », « Unisson »... Je n'ai pas tenu les 146 miles, pas résisté, au dessus de mes force, pourtant dans les US Marine Corps (USCM) j'avais obtenu une des meilleurs notes de l'entraînement, tu peux être un des plus brillants leathernecks, il y a des supplices que tu ne peux endurer... J'ai vomi à l'entrée du pont de Chesapeake Bay, pire, mes boyaux se sont mis à grouiller, à spasmer, à se nouer, à se tricoter, me menaçant de tout lâcher, d'exploser.... J'avais commencé à prévenir Jim en gueulant Allahou Akbar... Jim inquiet, qui connaissait quelques bribes d'arabe dialectal m'a demandé si j'étais équipé d'une ceinture d'explosifs, si j'allais l'intention de tout faire péter, me kamikaser pour m'user la santé auprès des soixante douze vierges aux yeux noirs qui m'attendraient en récompense... Tout, non, le rassurais-je... ses oreilles et son odorat complétèrent ma réponse....

Baltimore hécatombes / Alain René Poirier

Chapitre 5

Effet miroir

De retour au bureau, Tony est venu me voir pour me faire part de ses découvertes concernant John. En examinant le corps, la position de sa chute, la trajectoire de la balle, la façon de tenir l'arme, tout avait un goût de mise en scène, de piège à cons. Son suicide paraissait bidon, une exécution déguisée. Le légiste, dans son rapport semblait du même avis, l'angle de pénétration de la balle obligeait à une position du poignet des plus inconfortable. Il y a de fortes chances pour que nous soyons en présence d'un nouveau meurtre... J'en étais à me demander ce que pouvait être le lien entre ces trois meurtres, pourquoi survenaient-ils juste après l'interrogatoire des suspects potentiels, suspects qui se transformaient systématiquement en victimes, en viande froide, en buffet pour astobloches... Pas plus tôt un meurtre résolu, le coupable se faisait dessouder, devenait victime, la résolution s'éloignait d'un cran.... J'en étais là de mes réflexions lorsque le planton m'annonça la visite d'une certaine Betty. Elle se présenta comme la sœur jumelle de Laura... Voilà autre chose... Laura, une sœur jumelle... Il y a beaucoup de jumeaux dans cette énigme, uniquement des monozygotes ?... Je devrais faire vérifier si Amy avait une jumelle. Voyant arriver la dénommée Betty, je n'en cru pas mes yeux. A première vue, Betty est une Laura en version habillée, je vérifie sur mes photos, la même coupe de cheveux, les

Baltimore hécatombes / Alain René Poirier

mêmes grains de beauté, strictement le même visage, droitière comme sa sœur, donc ne faisant pas partie du groupe de ces fameux jumeaux miroirs, ceux qui ont évité de peu de devenir siamois, qui se sont séparés à temps... Je vais devoir calmer Jim, quand il va l'apercevoir. J'ai bien envie de mettre un seau d'eau au pied du bureau, pour doucher ses envies, en cas d'urgence, il me faudra abaisser son point de fusion, il y a des jours où je suis pour ce putain principe de précaution... Qui n'a pas vu le Jim en période de rut, ne peut pas imaginer, je ne décris pas, personne ne me croirait, penserait que je fabule comme le pseudo lieutenant-colonel Jim Cafasso, l'expert militaire bidon de FOXNews. Déjà, devant le cadavre de sa sœur jumelle, son cerveau s'était fait distancé par ses hormones, là, Betty habillée de sensualité, les atours mis en valeur par une présentation soignée, une tenue sexy qui ne permettait pas de la confondre avec une représentante de la communauté Amish de Jakob Amman... des croisés de jambes à ringardiser Sharon Stone dans Basic Instinct...

-Bonjour madame que puis-je pour vous ? Lui demandais-je, sans pouvoir quitter son regard. Des yeux... d'un bleu... les même océans tropicaux que ceux de sa sœur, yeux à se damner, dans lesquels je passerais mes vacances, nu, à observer les poissons multicolores qui batifolent parmi les coraux, admirer les huîtres perlières ajouter des couches de nacre aux corps étrangers qui sont venus les importuner, des yeux qui sentent les cocotiers, les langoustes grillées, le sable blanc, les hamacs, les mojitos accompagnés des montées de désirs... Putain, j'ai un de ces besoin de vacances....

-Je suis la sœur de Laura... était... Laura, ma jumelle, avec qui je partageais tout, qui a été assassinée, je crois que j'ai des informations qui pourront vous aider dans l'enquête pour découvrir son ou ses assassins...

Elle avait presque fini sa phrase, je n'en avais pas entendu le début, ni le milieu... J'étais loin, loin de cette réalité de merde, il y

Baltimore hécatombes / Alain René Poirier

aurait eu des cocotiers, des vahinés sertis de colliers de fleurs, dans le bureau, je n'en aurais pas été surpris, c'est leur absence à mon retour à la triste réalité qui m'étonna, même pas de salsa pour apaiser mes oreilles.

Betty partit alors dans une longue tirade...
-Avec Laura, je ne faisais qu'une, la remplaçais comme chanteuse du groupe, sans que personne ne s'en aperçoive, nous partagions le même appartement, le matin nous nous répartissions les rôles, décidions de qui serait Laura, qui serait Betty, souvent cela s'imposait à nous comme une évidence. Même auprès de nos petits amis respectifs, nous échangions nos rôles, ils ne firent pas la différence... Ces derniers passaient de l'une à l'autre, jamais ils ne s'en rendirent compte, ce qui prouve que celle qui était Laura pour la journée, se sentais Laura de la racine des cheveux aux ongles du gros orteil, la même chose pour Betty, bien que ce soit plus simple pour elle, pas de petit ami attitré, que du passage, de l'éphémère, du pour l'hygiène, le plaisir... Toutes les deux, nous souffrons d'une psychopathologie... l'hypermnésie. Nous nous racontions par le menu tout ce qui nous arrivait, ce que nous faisions, nous finissions par avoir les mêmes souvenirs, les mêmes vécus, devenions des clones parfaits, étions interchangeables... Chacune devenait la copie conforme de l'autre, sentiments compris, rien ne pouvait nous distinguer, Betty ou Laura, au moment où nous l'étions, nous remplissions parfaitement notre rôle, sans jouer, naturellement... Pour débuter notre journée, nous préparions deux sacs à main, avec les papiers d'identité correspondants, celle qui devenait Laura... le devenait officiellement... même chose pour Betty, de ce fait, rien ne prouve que Laura soit la morte, c'est peut être Betty qui a été tuée... ou Laura... ou Betty...

Putain de merde, les tests ADN ne peuvent pas trancher, des jumelles monozygotes, manquait plus que ça.... me voilà avec un cadavre à identités alternatives sur les bras... Si Maxou apprend ça, je vois les titres à la une du « Baltimore Sun » demain matin. Les fins limiers de Baltimore devant le cadavre d'une des deux jumelles, jumelles qui tiennent le rôle en alternance...

Je téléphonais à Balthazar, notre scientifique qui m'affirma que pour les jumeaux monozygotes il y avait un truc infaillible pour les différencier, les empreintes digitales, ils n'ont pas les mêmes.... Un autre truc, leur odeur corporel, un chien spécialisé fera toujours la différence entre les deux... Putain de bonne nouvelle. Voila, le tour est joué, j'appelle un clébard qui me différencie la morte de la vivante... En deux coups les gros, comme disaient les joueurs de zanzi, je te résous l'énigme des jumelles... Sûr de moi, je me retournais vers Betty et lui fit part de mon information....

-C'est vrai, me confirma-t-elle, mais comme chaque empreinte peut être celle de Laura ou la mienne, qu'elles n'ont pas été déterminées avant le décès, pour être attribuées à un prénom... des empreintes attribuées a posteriori cela ne nous avance pas....

Putain, le coup de grâce, me décapite l'enthousiasme à sa naissance... Pour de l'interruption volontaire d'espoir, se pose là, la donzelle, me tue la solution dans l'œuf. Le clebs peut repartir la queue basse, il ne sert à rien...

-Bordel à queue, m'écriais-je, me font le coup de Teddie Jim... pincez moi, je vis un cauchemar, dites moi que je vais me réveiller... Personne ne se pointe pour me le dire, je suis éveillé, un putain de mec éveillé, un putain de gus dans une sacrée merde !

-Madame, vous, vous savez qui vous êtes, naturellement ? Je m'accrochais à cette idée, ma bouée, comme un naufragé de la frégate « la Méduse » à son radeau. Question de survie...

-Non, en réalité je ne l'ai jamais su, nos parents nous confondaient toujours, parfois ils me considéraient comme Laura, d'autres fois étaient certains que j'étais Betty... Nous en avions déduit que ma sœur et moi étions chacune une moitié de Laura plus une moitié de Betty, que chaque jour, une moitié de nous se

réveillait, l'autre restait en sommeil... Il est même arrivé que seules les moitiés de Laura, ou de Betty, se réveillent simultanément, les moitiés de l'autre restant en sommeil, ces jours là, deux Laura, ou deux Betty circulaient en ville...
-Maintenant que l'une de vous est morte, qui êtes vous ?
-Que vous dire, les deux je crois....
-Qui est morte ?
-Les deux.... Je ne sais pas, que voulez-vous répondre, si vous n'avez pas de jumeau monozygote, vous ne pouvez pas comprendre...
-Au moment du meurtre de votre sœur, qui étiez-vous ? Là, vous savez si vous étiez Laura ou Betty !
-Non.
-Comment non, vous vous moquez de moi ?
-Non, les circonstances ne s'y prêtent guère !
-Alors répondez à cette question simple, qui étiez vous au moment du meurtre de votre sœur ?
-Je ne sais pas, je dormais, c'est pendant notre sommeil que nous nous forgeons notre identité, celle que nous recouvrons au réveil.
-Vous changiez de personnage chaque jour, une sorte de garde partagée de vos identités ?
-Non, c'est variable, je peux être Laura dix jours d'affilés, comme une seule journée, c'est pour cette raison que je ne puis vous affirmer que ce soit Laura qui se trouve sur le banc de ciment de la morgue... dit-elle, en s'effondrant en larme, ne sachant ce qu'elle pleurait, la mort de sa sœur, ou la sienne.
-Vous voulez que je prenne en compte un double meurtre pour un seul cadavre ?
-Ma moitié Laura porte plainte pour meurtre contre la personne de Betty, ma moitié Betty elle, dépose plainte pour l'assassinat de Laura...
-Comme vous êtes alternativement Laura et Betty, je peux dire qu'aucune des deux n'est décédée, que le cadavre n'existe pas, ou

qu'il est celui d'une parfaite étrangère qui n'a qu'une ressemblance avec vous deux....
-Je vous mets au défi de trouver Betty, lorsque Laura sera en votre présence et réciproquement, c'est bien le cadavre de l'une de nous deux qui est dans votre morgue.
-Heureusement que nous sommes en début de journée, que je n'ai encore rien bu, je ne vois pas double... Ce qui veut dire que nous devons instruire deux enquêtes distinctes, une pour Laura les jours où vous vous sentirez Betty, une pour Betty dans votre période Laura. Vous avez idée de ce que va penser le tribunal ? Deux affaires simultanées... Voir le cadavre dont on instruit le procès de l'assassin, venir témoigner dans la salle d'audience contiguë, puis, son témoin se transformer en cadavre dans le prétoire voisin....
-Vous avez l'air troublé, c'est pourtant simple non ?
-Si vous le dites... Betty, savez vous qui pouvait en vouloir assez à Laura, pour la tuer ? Pensez-vous que John Pinass ait voulu se venger de Laura qui lui avait subtilisé ses droits d'auteur ?
-John lui avait pardonné, je peux vous le confirmer, j'ai passé la soirée du meurtre de ma sœur, dans le lit de John, il me croyait Laura, je puis affirmer qu'il n'avait pas l'esprit à lui défoncer la poitrine, ni à la couvrir de sang de poulet... s'il y avait une chose qu'il voulait défoncer c'est... vous voyez ce que je veux dire, dit-elle, parcourue d'un frisson de plaisir rétrospectif en observant le reflet de sa croupe dans un miroir mural... Il me susurrait des mots doux, des mots bleus qui rendent les gens heureux, m'appelait « mon lapin », vous voyez que rien ne le lie au sang de vos gallinacés, s'il voulait me recouvrir, c'est de sa semence.... Puis je me suis endormie comme lui, nous étions épuisés et heureux de cette soirée, qui avait vu notre taux d'endorphines atteindre des sommets... Au matin, je me suis réveillée seule, John m'avait mis un mot, il n'aime pas les réveils ébouriffés des petits matins de nuits torrides, ça te tue le désir, il était parti composer dans son

studio personnel, John aime le silence de la nuit pour écrire ses mélodies, lorsque le monde dort, que les téléphones restent muets, que les ondes recouvrent leur bienveillance.
-Quelqu'un vous en voulait-il, Betty, au point de vouloir vous tuer ?
-Tuer Betty ? Me tuer... Je passe pour une frivole, ne m'attache pas, vais d'une conquête à l'autre, ne me voit fidèle que lorsque je deviens Laura, c'est ce que dit toujours Laura... Elle vous le validera.
-Vous confirmez que vous n'envisagiez pas une liaison durable.
-Moi ? Fichtre non, pas mon genre, ma façon de me différencier de Laura, mon seul espace pour sortir de notre schizophrénie.
-Un amant éconduit qui aurait eu l'envie de s'attacher, de s'installer dans le durable ?
-Il y en a bien quelques uns qui avaient eu envie d'une relation plus pérenne, voulaient que l'amour physique entraîne l'affectif, qui se transforme lui même en amour avec un grand A, en exclusif, devenir du régulier, de l'habitude, pour venir baiser en père de famille, sans avoir à se mettre en chasse chaque fois que la prostate ordonne sa purge, pour se vider les bourses sans concurrence... Si j'osais... les facilités du slip par le récursif...
-Une question, connaissez vous Maxou, le journaleux de Baltimore Sun ?
-Vous vous adressez à Betty ou à Laura ?
-Aux deux !
-Betty le connais. Lorsque je remplaçais Laura comme chanteuse, alors que dans ma tête j'étais Betty, il m'a écrit deux ou trois textes de chansons. Laura ne les chantait jamais, ce qui fait que nous avions des répertoires qui ne se chevauchaient pas complètement.... Le seul élément qui permettait de nous différencier sur scène... Lorsque dans ma tête j'étais Laura, je ne les chantais pas non plus. Ma sœur elle, quand elle se vivait Betty, pouvait les inscrire dans sa play-list de la soirée...

Baltimore hécatombes / Alain René Poirier

-Alors on ne pouvait pas vous différencier !
-Si, Laura ne chantait pas toujours le même répertoire que Betty.
-Mais vous pouviez être alternativement l'une ou l'autre... Putain, pourquoi ne pas vous avoir tatouer à la naissance, injecté une puce d'identification...
-Vous avez des origines allemandes ?
-Rassurez-vous, mon père n'est pas mort en camps d'extermination.... Il ne s'est pas tué en tombant du mirador, si c'est à cette blague de mauvais goût que vous faites référence...
-C'est l'idée du tatouage pour nous identifier... Les nazis avaient eu l'idée avant vous... Cette mode du tatouage est redevenue tendance, comme le piercing... Le retour au tribal, la régression, la société qui repart en arrière, fin de cycle de civilisation, le dernier sursaut avant l'extinction... Une personne en deux corps, deux corps pour former une personnalité, l'idée, le concept vous dérange, vous avez l'esprit limité dans la police, si vous en êtes à ce stade, vous n'êtes pas prêt de concevoir l'idée des ondes gravitationnelles, la déformation de l'espace temps, il va falloir vous offrir des étoiles à neutrons voisines, des qui interfèrent entre elles, pour vous ouvrir la réflexion.... Avec vous, la science peut dormir tranquille, vous n'êtes pas du genre à la bousculer...
-Chacun sa conception du relatif. Que faisiez-vous la nuit du meurtre de votre sœur, et n'évoquez pas la déformation de l'espace temps pour vous forger un alibi !
-Vous êtes athée ?
-Pourquoi cette question personnelle ?
-Les croyants eux, envisagent le Saint Esprit comme la troisième hypostase de la Trinité, distinct du Père et du Fils, mais consubstantiel à eux, c'est-à-dire partageant la même essence.
-Laissez Dieu en dehors de tout ça, c'est déjà assez embrouillé !
-Je tenais le rôle de Laura et chantais au « Cabaret at Germano's » en matinée avant de finir ma soirée dans les bras de John.

Baltimore hécatombes / Alain René Poirier

-Donc c'est Betty qui a été tuée ?
-Rien ne vous autorise à le penser... Ma sœur se vivait peut être Laura, et moi, je chantais peut être dans la peau de Betty pour tromper, par jeu, notre entourage, d'ailleurs si je suis partie avec John, c'est qu'à ce moment là, j'étais peut être Betty la frivole. A moins que Laura ait voulu officialiser sa réconciliation définitive avec John, tout est possible.
-Avez-vous chanté des chansons écrites par Maxou ce soir là ?
-Ça ne prouve rien, il arrivait que Betty ne chante pas du Maxou...
-Arrivait-il aussi que Laura chante du Maxou ?
-Jamais !
-Pourquoi ne vous êtes vous pas présentée plus tôt aux autorités pour apporter ce témoignage ?
-Ces derniers jours j'étais Laura, je me vivais morte, restais repliée sur moi même, me sentais devenir allergique aux poulets et à leur sang, je ne suis Betty que depuis ce matin...
-Vous me confirmez donc que c'est Laura qui est morte.
-Je n'en sais rien, qui me prouve que ce que j'attribue à Laura comme personnalité, ne soit pas celle de Betty, et réciproquement... Je suis les deux, laquelle est laquelle ?
-Je vous remercie de votre collaboration.... l'enquête progresse, l'enquête progresse.... lâchais-je désabusé...

    Ils ne devraient pas nous laisser nos armes pendant ce type d'enquête, tu finis par avoir envie de tout flinguer autour de toi pour rétablir de la normalité, disperser, éparpiller, exploser, tout ce qui te complique la vie, s'en faudrait d'un rien pour rejoindre les gus qui te dégomment à la moindre contrariété, tout ce qui bouge dans une université, ouvrent le dialogue au M16 ou à l'AKM pour les moins patriotes...
    Putain, je vis un cauchemar, ce n'est pas une ville, c'est un véritable asile psychiatrique. Je suis sûr de me réveiller à un moment ou un autre, c'est obligé... Entre l'autre frappadingue qui

Baltimore hécatombes / Alain René Poirier

voit des kangourous partout et celle-ci qui est deux, sans jamais savoir dans quelle peau.... et je suis clean.... t'as qu'à voir.

Je raccompagnais Betty à la porte lorsque je vis Maxou devant le poste de police, assis sur sa moto, un appareil photo à la main, il filmait la sortie de Betty.
-Salut Betty lança-t-il, je te dépose chez toi ? Joignant le geste à la parole, il tendit un casque à sa future passagère. Betty enfourcha le cheval mécanique, lui passa les bras autour de la taille, Maxou appuya sur le démarreur, le moteur se mit en branle dans ce bruit caractéristique des explosions lentes et graves de sa Harley. Il débéquilla, tourna légèrement la poignée de gaz, le fauve s'élança sur le bitume humide de cette matinée. Je gardais un moment le regard tourné dans la direction où venait de s'évanouir mon dernier témoin. J'avais comme un pressentiment, je sentais flotter une onde maléfique, n'arrivais pas à détacher mon regard de l'horizon, dû faire un effort pour regagner ma place devant mon bureau. Jim arriva à ce moment là, me salua et d'un coup de menton interrogatif dans la direction de la porte, me questionna silencieusement.
-Putain Jim, t'as loupé, devine qui sort de ce bureau ?
-Maxou ? J'ai croisé sa moto, il y avait une gonzesse derrière lui... Je te parie qu'il est venu confesser ses crimes et tu ne l'as pas cru, à cause de ses alibis en béton, tu l'as laissé repartir ?...
J'exposais mes dernières informations à Jim qui me regardait les yeux écarquillés, la bouche ouverte... Il aurait pu gober des mouches sans en être le moins du monde importuné, tellement l'effet de sidération le clouait sur place.
-Une histoire de fous, une histoire de fous, répétait-il sans trouver d'autres expressions, Deux Laura, une qui meurt, qui revit, une Betty qui disparaît, qui revit... une histoire de fous.
Il en était à sa quinzième « une histoire de fous » lorsque le bruit d'une moto qui se gare devant le poste le fit sortir de sa boucle. Maxou revenait prendre sa place pour guetter les nouveautés...

Baltimore hécatombes / Alain René Poirier

Ce fumier ne nous lâchait pas d'une semelle. Nous étions ses témoins permanents. Ce type avait toujours un lien plus ou moins direct avec les cadavres, à chaque fois nous lui servions d'alibi... Des envies de bavures nous traversaient souvent l'esprit mais...
-Maxou, pointe toi, j'ai des questions à te poser.
-Si c'est pour connaître mes sources, vous perdez votre temps camarades policiers.
-Je veux juste savoir comment se fait-il que tu connaisses personnellement toutes les victimes et tous les témoins de cette série de meurtres et ce, jusque dans le Delaware...
-Mon boulot de journaliste, moi je suis sur le terrain en permanence, je ne passe pas mon temps au bureau à jouer à Candy Crush Saga...
-Tu savais que Laura avait une sœur jumelle, et tu la connaissais, pourquoi ne pas nous en avoir fait part.
-C'est un des secrets que nous partagions... Pour le reste, je garde mes infos pour mon journal, je ne voulais pas attirer d'ennuis à Betty... Pour collaborer, établir un climat de convivialité, ne faut pas commencer par m'inonder le froc à la bière... L'humidité du genou ne rend loquace que la grenouille.
-Cette histoire change beaucoup de choses, il nous faut retourner interroger les musiciens de Laura. Les mecs voient revenir leur chanteuse assassinée, et ne nous préviennent même pas... Ne sont pas clairs non plus ces gars...
-Comprenez les, ils allaient sortir leur nouveau disque, des tournées signées, la mort de Laura mettait un terme à leurs espoirs de gloire, l'arrivée de Betty qui est plus ouverte, leur retire une sacrée épine du pied.
-Sont peut être contents de s'être débarrassé d'une emmerdeuse psycho-rigide, et d'avoir son clone plus conciliant en échange...
    Maxou n'eut pas le temps de répondre, Bill en patrouille près de chez Laura, m'appelle sur le canal d'urgence, un voisin vient d'entendre un coup de feu. Bill s'est précipité sur les lieux, le

cadavre encore chaud de Betty est devant lui, certains témoins parlent d'une moto qui s'est enfui au même moment, sans que le lien entre elle et le cadavre ne puisse être établi...
-Putain Maxou, t'as de la chance d'être assis face à moi depuis une petite demie-heure, tu peux dire que cette discussion te sauve la mise...
-Que se passe-t-il ?
-Betty vient de se faire descendre. Putain de bordel de merde, chaque fois qu'un témoin apparaît, il se fait descendre...
-Sauf le barbouilleur du Delaware... Moi à votre place... Mes potes musiciens sont disculpés du coup... Sont dans la merde maintenant qu'ils n'ont plus de chanteuse...
-Jim, appelle Kenneth, faut que nous retournions interroger le peintre des kangourous, il est nécessaire de tirer les choses au clair...
-Vous m'emmenez ? Demanda Maxou. C'est mon idée non ? Ajouta-t-il.
Après un moment d'hésitation, estimant qu'il vaut mieux l'avoir sous la main que dans les pattes, j'accède à sa demande...
Jim tire la gueule, il n'a qu'une idée, emplâtrer ce con de Maxou, lui remodeler la tronche à coups de poings, c'est viscéral, il ne peut pas le blairer. Puis trouvant une échappatoire...
-Dick, tu vas voir l'artiste avec Maxou, moi je vais vérifier ses dires et interroger les musicos pour découvrir ce qu'ils savaient concernant Laura et Betty...
-Pour les affirmations de Maxou, ne pousse pas trop loin le travail au corps de sa compagne...
-Laissez Lindsay en dehors de tout ça, je la tiens à l'écart de mes activités, je protège mes sources, elle n'est au courant de rien....
-Juste la routine, Maxou, imagine ce que nous lirions dans les gazettes, si nous négligions la recherche de la vérité pour des convenances personnelles... Nous passerions pour des guignoles d'une de ces républiques bananières européenne... comme celle du

Baltimore hécatombes / Alain René Poirier

baiseur casqué qui transforme les palais de sa République en bordel présidentiel, déjà qu'un des postulants au poste, baisait lui tout ce qui se trouvait à portée de sa queue, de la femme de chambre à son plumeau compris... que tu te demandes s'il ne bossait pas pour le « Center for Disease and Prevention » d'Atlanta, comme milieu vivant de conservation des parasites, germes, levures et virus vecteurs des MST... ou comme preuve vivante que la circoncision te blinde le gland, que grâce à ça, tu puisses t'exclamer « Moi qui baise comme un lapin, grâce à ma circoncision, contaminé moi ? Jamais !...
-Pour quoi ?
-La circoncision! Si tu n'a plus le gland protégé, enfermé à l'humidité qui te ramollie la peau, t'as le bout qui se parchemine en frottant sur ton calcif, la peau perd en sensibilité, tu deviens moins sujet à la décharge prématurée, plus résistant à la pénétration de la bestiole nuisible, tu t'en sors avec les honneurs quand le goy ressort avec la chaude pisse, la syphilis ou le SIDA

Baltimore hécatombes / Alain René Poirier

Chapitre 6

Sur la route de Milford

A bord de ma Chevrolet Caprice de service, à mes côtés ce con de Maxou qui mâchouille son chewing gum Wrigley Big Red, nous sommes sur la route de Milford, où Kenneth nous attend. Je vais essayer de comprendre pourquoi les témoins liés au meurtre de Laura finissent tous par trépasser, tous sauf Ted. Ce gus détient peut être la solution, avec son apparence des plus renversante, une mise en scène pour détourner l'attention sur sa vraie nature, un psychopathe meurtrier, vas savoir. Ce qui le différencie des victimes, il vit en dehors de Baltimore. Vraiment étrange comme personnage, je le crois même capable de trucider ses semblables pour obtenir une œuvre artistique, créer un chef d'œuvre... à ses yeux. En art, tout est envisageable, les limites sont sans cesse repoussées, le laid sublimé devient beau, le tarabiscoté précède le simplifié, par cycles, tuer le père, renaître, le phénix, le plus improbable devient une évidence pour les vrais génies. La question, Ted est-il un génie, un usurpateur, un profiteur, un opportuniste, un farceur, un fumiste, un escroc, un débile, un fou furieux... Tout à la fois... La frontière semble mince, extrêmement ténue, elle peut être franchie en permanence, la ligne blanche chevauchée sur de longues périodes. Qui est fou, qui est génial ? Aux yeux de qui, du chéquier de qui ? Qui peut se permettre de décider. J'ai ma petite idée sur qui décide en ce monde de la frime

Baltimore hécatombes / Alain René Poirier

et des faux semblants... Les spéculateurs, les boursouflés du porte-feuilles, les pétés de tunes, qui doivent en permanence trouver des occasions de jeter par les fenêtres, le pognon que leurs esclaves modernes ont eu tant de mal à gagner pour eux... Sinon à quoi servirait de saigner le peuple pour se remplir les poches, si leur pognon restait dans un tiroir, sous un matelas, qui pourrait mesurer l'écart qu'ils veulent faire sentir au petit peuple de larbins qui se battent pour les servir... Si personne ne pouvait savoir qu'ils en ont le cul farci, comment pourraient-ils sortir du lot... Du fric qui ne sert pas, n'existe pas. Les exploiteurs, leur faut faire savoir que du pognon ils en ont à en crever, qu'ils ne savent plus ce qu'en foutre, alors font monter les prix d'objets qu'ils baptisent de luxe, pour faire baver d'envie les loquedus traînent-savates, devant des horreurs souvent inutiles, paradent dans des caisses capables d'atteindre les 200 miles sur les boulevards à la vitesse limités à 30 miles, s'achètent des bouteilles de vin à 50.000$ et plus, que personne ne boira, contenant sûrement une piquette infâme, valorisent à des centaines de millions de dollars des croûtes de barbouilleurs bombardés au statut de génies... Leur pognon, il faut le dilapider, le transformer en ostensible, le jeter à la gueule des crèves misère qui, comme des cons restent admiratifs, envieux, en rêvent... Pour faire bonne mesure, participer à la mise en scène, toute la bande de cuistres journaleux s'émerveillent devant chacune de leurs acquisitions, les commentent comme un événement sportif, admirent les nouveaux sommets de prix atteints par des tableaux qui ne permirent même pas à leurs auteurs de se payer un repas dans un boui-boui local, ils viennent déverser leurs seaux de provocations sur les écrans, ce nouvel opium du peuple, comme des pigeons perchés sur les rebords des fenêtres qui te chient sur l'épaule, qu'au lieu d'aller leur écraser la gueule à coup de talons de santiag, tu te contentes d'admirer leurs possibilités de voler. Se sentent obligés de te balancer dans la gueule, qu'à toutes ces

Baltimore hécatombes / Alain René Poirier

conneries inutiles, tu n'aura jamais accès, le journarbin, ce croisement de journaleux et de larbin, en te bourrant le mou veut te faire croire, que pour toi, ce sera un manque, une frustration. Tout l'art est de faire en sorte qu'elle devienne une envie, ne se transforme pas en révolte. Rôle des larbineux qui t'assènent en permanence, que si tu suis la seule voie possible, la raisonnable, tu pourras toucher furtivement aux papiers d'emballage du cadeau. Sans ces conditions, tout le mal qu'ils se sont donnés pour construire le simulacre de démocratie dans lequel nous vivons n'aurait servi à rien ! Leur démocratie c'est le droit de pouvoir choisir le candidat unique qui représente leurs intérêts, candidat déguisé en deux ou trois versions pour faire pluralité, en te ventant l'immense chance que tu as de pouvoir exprimer ton choix entre plusieurs bulletins imprimés... Tu choisis le papier des chiottes pour leur torcher le cul, tu ne voudrais pas en plus choisir la décoration de leurs châteaux.... Comment un être ordinaire peut-il concevoir ce qu'est un génie, en a-t-il les capacités intellectuelles, peut-il le différencier d'un fou, connaître ce qui caractérise la folie... Je ne m'en ouvre pas à Maxou, je n'aime pas ce type, je ne sais pas pourquoi, n'ai pas de raisons objectives... Au premier abord, j'ai tout de suite su que je ne pourrais jamais sentir ce gus, une sorte de sens supplémentaire, un détecteur d'empathie. Pour m'éviter de soutenir une conversation pénible avec le journaleux, de me faire tirer les vers du nez par ce braconnier de l'info, subir ses questions incessantes, j'allume la radio, engage ma clé USB pleine de bonne musique qui nous agrémentera les oreilles... Surtout les miennes... Des goûts de Maxou, je le confesse humblement... Je m'en tamponne le coquillard, m'en tape à un point que partir visiter l'infini te paraîtrait une ballade digestive, je m'en fous, m'en branle, m'en bats les couilles... pour résumer, je ne m'en soucie guère... ça démarre, « Route 66 » par les Rolling Stones, « See See Rider chanté par Eric Burdon des Animals, « My Generation » des

Baltimore hécatombes / Alain René Poirier

Who, « I'm not Like Every Body Else » des Kinks, « Blue Suede Shoes » de Carl Perkins, « Time is on My Side » interprété par Mick Jagger des Rolling Stones, « Johnny B. Goode » de Chuck Berry, « In a Gadda Da Vida » d'Iron Butterfly, « Back in the USSR » des Beatles, « John Lee Hooker » de Johnny Rivers, « A day in a Life » des Beatles.... Deux Beatles dans la même session, a égalité avec les Rolling Stones....

C'est Philippe Boullen*er qui va être content, me dis-je... Me rappelant son goût immodéré pour les quatre chevelus de Liverpool... (NDLA* J'ai remplacé le g du nom de Philippe par * pour qu'il ne soit pas importuné de nos jours, mais laisse un indice pour aider les plus subtils à le reconnaître, pour que dans 10 000 ans, lorsque mes textes seront étudiés dans les écoles d'araignées, arthropodes qui remplaceront les humains dans la domination de la planète, humains disparus de la surface du globe après la période de grands bouleversements qui accompagna la dernière inversion de polarité du champ magnétique terrestre, afin que les maîtres du monde de l'époque lui rendent l'hommage qu'il mérite)

Dans les oreilles, rien que de la musique qui t'empêche de voir le temps passer, qui te fait secouer la tête, claquer des doigts, bouger les pieds, rythmer le cœur, gémir les tripes de bonheur, et surtout oublier ton voisin de co-voiturage... Lequel voisin me semble gaucher aujourd'hui... Droitier le jour du bain de bière... ce mec est ambidextre... Le solo de batterie de Brian Bennett des Shadows qui faisait virevolter ses baguettes sur sa caisse claire et ses toms « Olympic », dans « Little B » se terminait, Hank Marvin, (Brian Robson Rankin) le médiator prêt à gratter la corde, la main gauche préparant l'accord sur le manche de sa Fender Stratocaster, allait démarrer son rifle de guitare, lorsque je me garais devant le poste de police. Un coup de fil à Kenneth pour l'avertir que nous étions devant sa porte. A peine le temps de raccrocher, le voilà qui descend d'un bond les quatre marches du perron. Il était parti pour les dévaler quatre à quatre, mais devant le manque de marches, il s'est résolu à ne faire qu'un saut... avant de prendre place à bord de mon bolide professionnel.

Baltimore hécatombes / Alain René Poirier

Pour téléphoner tranquillement, appeler Kenneth, j'avais éteint la radio. Un silence pesant régnait depuis que je lui avait présenté Maxou. Ce pisseur de copies « in beded » n'était pas pour le ravir. Ce dernier avait même essayé de déglacer l'atmosphère en lançant...
-Un ange passe, qu'on l'attrape, qu'on l'encule et qu'on se chatouille le périnée avec ses plumes...
Vanne qui tomba complètement à plat... Venant de Maxou, même s'il s'appropriait les blagues de Jimmy Fallon du « Tonight Show Staring », nous resterions de marbre. Kenneth se gratta la gorge, il évitait de dévoiler des informations qui se seraient trouvées aussitôt sur le blog du Baltimore Sun, avant de figurer dans la version papier.... Finement, il proposa...
-Dick, peux-tu mettre la radio sur WDSD 94,7 FM, c'est un station de Dover qui ne passe que du Country, ça nous détendra...
Je suivis son conseil, Thomas Rhett avec « Die a Happy Man » emplit aussitôt l'habitacle, Sam Hunt prit la suite avec « Break up in A Small Town », Luke Bryan en duo avec Karen Fairchild lui succéda avec « Home Alone Tonight ». Pendant ce temps, j'avais démarré notre carrosse et conduit la Chevrolet garnie de notre trio, jusqu'au domicile de Ted Pringston.

   Au même moment, Jim, lui, arrivait chez Lindsay. Tout excité, la libido aux taquets, il s'imaginait passer en revue les positions du Kamasutra, celles qu'il n'avait pas encore explorées. Rien que l'idée de sentir la peau de Lindsay sous ses doigts, de voir ses aréoles lui caresser le torse, sa croupe lui encadrer le nez, son sexe.... lui dressait la gaule au garde-à-vous, pourtant il n'en était qu'à effleurer le bouton de la sonnette. Putain, la force de l'imaginaire dans le contrôle de la circulation sanguine !...

   Lindsay mis un moment avant de se présenter dans l'encadrement de la porte, porte qu'elle avait ouverte d'un geste las. Elle le reçu avec sa tête de mauvais jours, enveloppée dans un peignoir en éponge d'une couleur indéfinie, comprise entre le

Baltimore hécatombes / Alain René Poirier

défraîchi et le délavé, les cheveux pas encore disciplinés, coiffés dans le style j'en ai marre de la vie, le maquillage au minimum syndical.... Question bombe sexuelle, Jim eu l'impression de se pointer après l'explosion, il comprit de suite qu'il lui allait falloir réviser à la baisse ses projets de fête du slip. Se raisonner le gourdin pour lui fixer des objectifs, certes encore ambitieux, mais atteignables dans les conditions nouvelles. Il n'avait pas fait FSB Corporation Of America pour rien... Pour Lindsay, Jim tombait mal, elle expulsait dans la douleur les preuves de son absence de grossesse mensuelle, se vidait dans son tampon, avait mal au ventre, un début de migraine, deux ou trois petits boutons de fièvre autour des lèvres...
-Si c'est pour les galipettes que tu es venu, tu vas être déçu, lui dit-elle. Je ne peux même pas t'inviter par la porte dérobée, j'ai les flux trop abondants, le ventre en révolution, la douleur lancinante, j'ai un mal de chien. Comme plan « B », je ne peux même pas te proposer de me faire passer les épreuves orales, je n'ai pas vraiment la tête à souffler dans ton piston, encore moins de jouer la troisième manche de « Time's Up » pour te faire deviner le mot fellation. Rien qu'à l'idée de sentir les effluves d'un pénis flirter avec l'embouchure de mes narines, je sens la gerbe qui me monte au bord des lèvres... Avec toi, honey, je ne veux pas que le devoir l'emporte sur le ludique... Tu comprends honey ?
    Jim dit qu'il comprenait parfaitement, que son bien-être à elle primait sur ses désirs égoïstes à lui, que si elle avait besoin de quoi que ce soit, elle pouvait compter sur lui. Bien sûr, il priait en même temps pour qu'elle n'ait besoin de rien, pensait en son fort intérieur, que cette salope aurait pu faire l'effort de lui permettre de la sodomiser un brin, juste pour lui purger les gonades, ou lui sucer le gland langoureusement avant d'accepter sa gorgée de vitamines, qu'il en était persuadé, ça lui aurait fait oublier, voir disparaître son mal au ventre... Tant pis pour elle, si elle préfère souffrir... Jim repartit penaud, la queue entre les jambes. Il se

devait, dans l'urgence, de changer la répartition de ses flux sanguins, privilégiant les artères vertébrales et carotides au détriment des pudentales et des quatre péniennes.

De dépit, il se rendit au « Cabaret at Germano's » pour interroger les musiciens de Laura. Ils lui avouèrent n'avoir découvert qu'après la mort annoncée de leur chanteuse, qu'elle avait une jumelle, ne pensaient pas que John ne fut plus au courant qu'eux... Cette découverte leur avait redonné de l'espoir pour leurs projets musicaux. Le groupe pouvait à nouveau honorer ses engagements, faire la promo de son nouvel album, arpenter les studios de radio... Personne ne pouvait percevoir le changement, surtout qu'il n'était que partiel, Betty avait souvent pris la place de Laura, sans que personne ne le remarque. La mort de Betty venait de les achever, d'anéantir leurs rêves, l'effet Kiss-Cool, la deuxième lame qui te coupe l'espoir que la première vient de te tirer, toutes ses conneries de pub qui t'emplissent la tête sans que tu ne le veuilles, le conditionnement inconscient... Peu de chances que l'un d'entre eux ne soit son meurtrier, chacun avait trop à perdre... La preuve qu'ils n'avaient rien à voir avec cette affaire... Ils étaient encore tous vivants... C'est une preuve irréfutable non ?

Jim repartait vers le bureau, lorsqu'il eu l'idée de venir se poster devant le studio de Maxou.... Il se gara un peu en amont de l'entrée de l'immeuble conduisant à la garçonnière du ragotier motocycliste. Il s'installa confortablement, pris son MacBook Pro, se connecta à internet pour faire quelques recherches sur ce Maxou, sa famille... Jim découvrit que Maxou n'était pas seulement propriétaire d'un studio dans l'immeuble qu'il observait, mais de tout l'immeuble, que deux appartements n'avaient pas de locataires recensés... Pour vérifier ces informations, Jim décida d'aller jeter un coup d'œil sur les boîtes à lettres... Il trouva deux boîtes au nom de Maxou avec des numéros d'appartements différents, plus une au nom du fameux

Baltimore hécatombes / Alain René Poirier

frère autiste décrit par les collègues de Milwaukee... Pas très net non plus le Maxou, deux boîtes à lettres, dédoublement de la personnalité ? Si ça se trouve Dick risque sa vie en baladant ce zozo... je vais finir par avoir de la promotion inattendue, pensa-t-il...

Sommes arrivés devant chez Ted Pringston, Kenneth descend le premier, je lui emboîte le pas, Maxou nous suit un peu en retrait... Kenneth tambourine sur l'huis, sans obtenir de réponse, il insiste, appelle Sarah... toujours rien, le silence, juste une musique venant de derrière la maison. Kenneth fait jouer la poignée de la porte, elle s'ouvre...
-Sarah ?
Nous avançons dans le couloir, la progression attentive, seul Kenneth est armé, je ne suis pas sur mon territoire de compétence, je le laisse prendre la tête des opérations. Prudemment il ouvre la première porte rencontrée sur sa gauche, moi, j'aurais ouvert d'un grand coup de santiag pour emplâtrer tout bipède caché derrière, états différents, méthodes différentes... En levant les yeux nous apercevons Sarah ficelée dans son filet de pêche, suspendue au plafond par les crochets des lustres, le corps tourné vers le haut, nous laissant voir son postérieur orné de la Joconde de Duchamp, le visage de Mona Lisa criblé de fléchettes... Kenneth la toucha, elle était froide.
-Sa mort remonte à quelques heures, dit-il.
Il appela aussitôt ses équipes pour les constatations d'usage... Maxou fit quelques photos, s'indigna de voir que le meurtrier ne respectait pas l'Art...
-Tirer des fléchettes dans le visage de la Joconde, putain sont redevenus des pithécanthropes... Les fléchettes retirées, la Joconde aura l'air d'avoir eu la petite vérole, surenchérit-il.
Kenneth en professionnel lui confisqua la carte mémoire de son appareil photo.
-Je vous la rendrai, lorsque l'enquête sera terminée, en attendant

Baltimore hécatombes / Alain René Poirier

ces photos sont à ajouter aux pièces à conviction...
Poursuivant l'exploration de la maison, nous ne remarquons rien de spécial, juste des kangourous dans des aquariums et des requins marteau empaillés suspendus dans des cages à fauves... L'univers normal d'un créateur qui laisse aller son imagination... Seul une chose choqua Maxou, le fouille merde avait des dons d'observation, le moindre détail lui percutait les neurones... Le sucre en morceaux se trouvait dans une boîte de sucres en morceaux... ce qui le laissa perplexe... Le sucre se serait trouvé dans une boîte à chaussures, une cuvette de chiottes, un parapluie, une citrouille Halloween, une boite vide Cream of Mushroom Soup Campbell's ou de Sweet Corn Cream Style Del Monte sans sel ajouté, il n'y aurait rien à dire, normal, mais une boîte de sucres en morceaux... Là s'en était trop, ça sentait la provocation à plein nez... A moins que ce ne soit du troisième degré, dans ce cas, l'idée pouvait devenir cohérente... Quand même difficile à croire, toute la logique irrationnelle du kangourou et du requin marteau tombait à plat... S'il s'agissait d'un requin bouledogue dans une niche, la transition vers une logique cartésienne serait acceptable, mais là nous nous trouvons en présence d'un requin marteau, la cohérence dans ce cas le voudrait dans une caisse à outils. C'est ce que vous et moi aurions fait, de toutes évidences... Alors, je pose la question, pourquoi les kangourous sont-ils dans des aquariums, pas sur des alternateurs, si le sucre en morceaux reste dans sa boîte d'origine... Sans doute, c'est l'hypothèse de Maxou, Sarah à provoqué Ted avec sa présentation du sucre en morceaux dans sa boîte d'origine... ce qui aurait pu l'énerver, lui donner des idées de meurtre, le gus ne supporte pas l'ordinaire, le routinier, le médiocre, le prévisible. Il avait la susceptibilité à fleur de peau, lui venait l'idée de taper sur tout ce qui bouge, juste à l'évocation de l'affirmation que le carbone fut la seule source de toutes vies dans l'univers... Rêvait d'un monde de vivants bâtis autour du souffre, de l'anti-matière,

Baltimore hécatombes / Alain René Poirier

des photons, d'ondes... Enfin d'un truc qui prouverait que Dieu pour ses créations se soit un peu sorti les doigts du cul.
-Pour moi, cette hypothèse ne tient pas la route, répliqua Kenneth, Ted marchant sur les mains, aurait fixé le cadavre de Sarah sur le sol et non au plafond, puisque pour lui tout est inversé, qu'il se voit dans l'hémisphère sud. Pour preuve, ces inverseurs magnétiques de sens des tourbillons des siphons de lavabos et de baignoires pour faire croire à sa présence dans l'hémisphère sud...
-Des quoi ?
-Des inverseurs de tourbillons. Dans l'hémisphère sud, les tourbillons sont inversés par rapport à ceux de l'hémisphère nord, ils tournent dans le sens contraire.
-Qu'est-ce que c'est que cette connerie, demandais-je.
-La rotation de la terre... la rotation de la terre...
-Explique !
-Le tourbillon tourne dans le sens contraire des aiguille d'une montre dans l'hémisphère nord, les forces de Coriolis... C'est juste relatif à ta position par rapport à ton point d'observation... Si tu regardes ton tourbillon par en dessous, dans un siphon transparent, tu es dans la même position que les mecs de l'hémisphère sud... En fait, le truc tourne toujours dans le même sens, c'est juste le point d'observation qui est inversé...
Maxou fatigué par cette discussion philosophique qui lui en touchait une sans faire bouger l'autre, expliqua que cette croyance populaire était fausse, la force de Coriolis due à la rotation du globe terrestre est trop faible pour avoir de l'influence sur le sens de rotation de l'eau d'un lavabo qui se vide. Le sens de rotation de l'eau du lavabo dépend essentiellement de la forme de l'évier, de la forme de l'orifice d'écoulement, et du sens initial d'écoulement de l'eau. Les inverseurs de tourbillons ne sont que des broyeurs de déchets...
-Je connais bien Ted, il est diabétique de type 1, il ne mange

Baltimore hécatombes / Alain René Poirier

jamais de sucre en morceaux. Je pense que le meurtrier a apporté cette boîte de saccharose pour nous orienter sur une fausse piste, précisa Kenneth, vexé de s'être fait contredire pour les tourbillons.
-Du quoi ?
-Saccharose, la jonction d'une molécule de fructose et d'une de glucose.
-Tu peux simplifier ?
-Du D-glucopyranosyl-D-fructofuranose.
-Voilà, là, je comprends, tu vois, quand tu veux, tu te démerdes super bien en vulgarisation scientifique... Ce qui confirme mes soupçons, le sucre est de droite, les « D » signifient que les deux sous-molécules sont dextrogyres.
-Putain, voilà que le sucre vote républicain.
-L'expression « se sucrer » vient de là, les mecs de droite se sucrent sur le dos des prolos.
-Je croyais que leur dos était juste là pour casser du sucre.... « casser du sucre sur le dos de... »
-C'est un concours ? Se renseigna Kenneth.
-Allons voir ce que Ted a à nous dire, suggérais-je. Il doit être dans son atelier pour se remettre les idées à l'endroit... Une sorte de Roi Dagobert, mais chez lui ce n'est pas la culotte qui est à l'envers...
-Son Saint Éloi est accroché aux crochets des lustres...
Nous avançons vers l'atelier, la musique est de plus en plus forte, une musique, enfin si le mot musique peut s'appliquer à une telle merde pompeuse, même pour une musique de film, tu n'oserais plus en composer de pareilles au 21 ième siècle...
-C'est le flow du Texan Lecrea que nous entendons, le rappeur chrétien, cette daube « d' Anomaly », avec sa musique pseudo spatiale en fond sonore...
-Il va foutre la trouille aux kangourous ce con !
-Putain qu'est-ce que c'est que ça ???

Baltimore hécatombes / Alain René Poirier

Sur un planche verticale un kangourou crucifié, le ventre ouvert façon hara-kiri, la tripaille étalée comme des guirlandes de décorations de noël, attachée aux chevalets du maître, le sang coagulé en mare autour de ses pattes arrières, des corolles de pâquerettes disposées dessus, comme les taches de rousseur sur le visage de Kelly Reilly, des crottes de kangourous montées en pyramides symétriques de chaque côté. Ted ligoté comme un saucisson, la gorge tranchée, les yeux dans lesquels s'enfoncent des fourchettes, les pieds, coupés au niveau des chevilles, posés de chaque côté des oreilles, les bras tranchés aux coudes, installés dans le prolongement de ses tibias et péronés, le crane scalpé dans la pure tradition des iroquois, suivant la technique d'origine anglaise.** (A l'époque, pour valider que les indiens, qui combattaient les français pour eux, tuaient bien leurs ennemis, les anglais leur demandaient de rapporter les scalpes, précédemment les indiens se contentaient de leur jeter aux pieds les têtes fraîchement coupées... Peut être l'origine du port des perruques pour les nobles et la magistrature... le scalpe de synthèse). **Putains de Britishs, déjà qu'ils sont les inventeurs des camps de concentrations lors de la seconde guerre des Boers... Invention raffinée de ces buveurs de thé, rendue possible grâce à Joseph Glidden un mec de DeKalb dans l'Illinois, à l'ouest de Chicago, qui déposa le brevet du fil de fer barbelé et inventa la machine capable de le produire....**
-Que c'est beau, s'exclamait Maxou, putain que c'est beau, j'en reste sans voix, mais quelle beauté, seigneur Dieu, Ted arrive à ta hauteur, avec cette installation, le maître touche au génie, frôle le divin, le beau absolu....
Maxou s'agenouilla, se joignit les mains, frappa le sol de son front à plusieurs reprises, il pleurait, tremblait, vibrait, spasmait devant ce qu'il appelait...
-La beauté à l'état pur, putain, bordel de merde,... La beauté à l'état brut... Je peux mourir, j'ai atteint l'extase par le beau...
Sa gorge nouée laissait échapper des cascades de sanglots, il touchait au sublime, se demandait ce qui pourrait le motiver pour continuer à vivre, plus rien ne pourrait lui donner une telle

émotion, maintenant il devrait vivre au rabais... se demandait s'il pourrait le supporter... Ses pleurs redoublèrent. Il en éjacula dans son froc, la tache s'agrandissait sur le devant de son jeans, l'odeur de foutre s'ajouta à celle du sang et de tripaille qui régnait dans la pièce..

Kenneth appela son bureau pour envoyer une autre équipe dans l'atelier...

Debout dans l'entrée nous regardions s'activer l'équipe de la scientifique, Maxou pétrifié, regardait fixement la création, qui l'émerveillait, rien ne bougeait sur son visage, il semblait ailleurs, parti dans les délices des paradis, son souffle n'était même plus perceptible. Nous en étions à nous demander ce que pouvait signifier une telle mise en scène, lorsqu'un des scientifiques de l'équipe de Kenneth asséna le coup de grâce à Maxou, il redescendit sur terre sans prendre la peine d'ouvrir son parachute...

-Hi man, les pyramides de crottes.... ce sont des crottes de thylacines, pas de kangourous.

-Des crottes de quoi ? Interrogea Maxou, la mâchoire inférieure prise de tremblements, les yeux tournant dans leurs orbites, son souffle si fit haletant, court, sifflant, son front perla de sueur.

-Le loup marsupial de Tasmanie, ou tigre de Tasmanie si tu préfères..

-Je ne préfère rien, putain, même là, c'est une mise en scène des assassins, commettre une telle erreur ne peut venir du Maître, comment ont-ils pu se tromper à ce point... Sur ces mots, Maxou senti la terre se retirer de dessous ses pieds, il s'évanouit. Bien sûr je ne fit rien pour le retenir, pas le moindre geste de protection, ce con se cogna la face sur le sol et se brisa une incisive en s'écrasant la gueule sur le carrelage.

En sortant, je fus intrigué par un jeune qui tournait en rond sur sa moto, un deux roues dont la cylindrée est inversement proportionnel au bruit engendré, là devant nous, juste à

Baltimore hécatombes / Alain René Poirier

l'intersection de North St et de la 4ème Nord ouest.
-Tu connais ce gus, interrogeais-je Kenneth.
-Le jeune McHornbeef, un gus un peu limité question réflexion, je l'ai déjà arrêté sur son moulin à café, il passe son temps à distribuer des tracts pour Christine O'Donnell, du Tea Party, une cinglée soutenue par la National Rifle Association. Une extrémiste fan de Sarah Palin, militante de l'abstinence sexuelle, elle a même pratiqué la sorcellerie dans sa jeunesse, tu vois un peu le genre.
-Que font ses parents ?
-Ils sont séparés, sa mère qui en a la garde, est une sorte de feignasse qui se rêve écrivain, n'a écrit qu'un livre vendu dans sa famille. Si elle n'avait eu que ses droits d'auteur pour vivre, il y a longtemps que les vautours auraient fini de sucer ses os, lui manque juste le courage d'activer ses doigts boudinés sur un clavier, du talent, de l'imagination peut être aussi, pour taper autre chose que le rapport de sa vie journalière de parasite, sur sa page Face-Book. Elle vivait, à quarante balais passés, encore chez ses parents à Annapolis. Après son divorce et de nombreux essais à gauche, à droite, avec des mecs qui ont vite compris que son appétence pour la galipette participative, qui lui servait de gagne pain, était cher payé, elle se faisait larguer plus souvent qu'un caboteur ses amarres. Dans l'urgence, ses parents voulant partir au soleil de Floride, elle a jeter son dévolu sur un mec d'ici, le pigeon rêvé, un affectif, influençable, qui lui fournit le gîte, le couvert et élève son marmot, le McHornbeef. Elle passe sa journée vautrée sur son canapé devant Face-Book, ne lève le petit doigt que pour se prendre la tronche en selfies, s'écoute pousser les kilos... en faisant croire à son niard limité des boyaux de la tête, qu'il est génial... Le genre pas bien « planchée », de la cyclothymique, de l'égoïste qui ne voit que son nombril... Elle s'accroche à son mec comme une bernique à son rocher, une lamproie à son saumon... Faut espérer qu'elle le fasse grimper aux rideaux, lui vulgarise l'extase itérative, sinon il ne doit pas en

avoir pour son pognon le pauvre mec.
-Les grands parents s'occupent un peu du niard, prennent la relève ?
-La grand'mère, une ancienne professeur de lettre passe sa vie dans les livres, le grand père, genre peintre besogneux, de ceux qui vivent au jour le jour, ne pense qu'à sa gueule, tout dans la frime, le paraître, ne se préoccupe à 75 piges, que du bon fonctionnement de sa pompe à bite dont il vente à la ronde les bienfaits, accessoire indispensable depuis qu'il s'est fait retirer la prostate... Pas une famille des plus formatrice pour se construire. Le père du mouflet, lui, s'est tiré au nouveau Mexique, ne s'en préoccupe que rarement, juste à de rares occasions où il l'initie aux concours de pets...
-Avec tout ça comme références, il n'a pas l'air bien équilibré non plus ce McHornbeef, je pense que l'on devrait lui poser quelques questions... Les victimes n'étaient pas du genre à respecter l'abstinence sexuelle, ce qui pourrait lui mettre les nerfs en pelote... de là à passer à l'acte pour un esprit faible... On doit en avoir le cœur net.
-Peut être que son gourou féminin prône l'abstinence parce-qu'elle s'est chopée une putain de candidose qui la ronge au sang, une vaginite à trichomonas qui lui enflamme le bourru dans une odeur putride, une gonococcie dans un isoloir pas propre, avec des diplocoques qui vont jusque dans ses os lui boulotter le calcium... ironisa Maxou qui tenait à remplacer Jim dans la distinction, pour faire oublier sa désertion ponctuelle, dont le motif échappait heureusement au pisse copie.
    Kenneth arrêta derechef McHornbeef, le conduisit au poste. Un homme de Kenneth s'occupa de rapatrier sa moto, il nous suivit en pétaradant comme ce n'est pas permis. Bordel de merde, sont pour l'abstinence, les serrés du cul-bénit, mais pas pour celle des oreilles, cet enfoiré va nous rendre tous sourds dingues... Sa pétrolette s'entend jusqu'au fin fond de

Baltimore hécatombes / Alain René Poirier

l'Oklahoma... En guise de rétorsion, ce gus me donne l'envie de lui attacher la tête au raz de la sortie de son putain de pot d'échappement, d'accélérer sa pétoire à en faire gicler le piston à travers la chemise, poignée dans le coin jusqu'à ce que les explosions lui fassent pisser du sang des esgourdes, j'ai des envies folles de lui exploser les oreilles, lui éclater les tympans, avant d'incendier son moulin à café façon bouddhiste, comme on le fait des cadavres à Varanasi, au bord du Gange. S'il ne se fait pas remarquer par son intelligence, de ce côté là, se trouve plutôt en queue de meute, ce jeune McHornbeef, par contre, question nuisances sonores, il peut prendre la tête du troupeau... Toujours la tentative de s'approprier la prédiction du pseudo artiste albinos, avec son quart d'heure de célébrité, tous les cons en rêvent, alors valorisent leur seule richesse : leur connerie. Customisent, piercinguent, se recouvrent le corps de tatouages, se sculptent la tignasse, s'accoutrent, s'engluent de ridicules fabriqués en série, se déguisent juste pour avoir l'air, alors qu'ils n'ont pas l'air du tout, se veulent leader, ne sont que moutons bien domestiqués... Parce que ces gus qui se veulent originaux, s'achètent tous la même panoplie, se ressemblent comme des clones, s'uniformisent pour croire se distinguer, c'est dire le niveau... putain de dérisoire. Pour se faire remarquer, suivent le courant, pour se singulariser, se vautrent dans la tendance... normal, quand t'as le QI qui atteint le nombre de ta température anale un jour d'hypothermie, tu n'es pas du genre créatif, tu singes, tu imites, tu copies, tu te transformes en contrefaçons, en pâles copies, en Mona-Lisa de couvercles de boîte de bonbons, en ersatz à deux cents... Tout ça pour finir comme eux, dans les bourriers de l'inutile.
-McHornbeef, que faisais-tu à tourner sur ta moto près de la maison de Ted ?
Ce con regarde Kenneth, avec ses yeux bovins, sans la lueur d'intelligence que tu retrouves chez les bovidés. Il tourne la tête

Baltimore hécatombes / Alain René Poirier

vers Maxou, puis vers moi, se gratte la gorge, entame une mélopée qu'il psalmodie d'une voie neutre...
Les gens sont étranges quand vous êtes un étranger
Les visages laids, quand vous êtes seul
Les femmes semblent méchantes, quand vous êtes indésirable
Les rues sont inégales, lorsque vous êtes en bas
Lorsque vos visages étranges sortent de la pluie
Lorsque vous êtes étranges personne ne se souvient de votre nom
Lorsque vous êtes étranges, vous êtes étranger
Lorsque vous êtes étranges..

-Tu arrêtes tout de suite ton cirque, lui intima Kenneth, qui n'aimait pas se faire balader par ce jeune baltringue.
-Je crois qu'il nous chante « Peoples are Strange » des Doors.
-Là, c'est le comble, un militant du Tea Party qui se prend pour Jim Morison, je suis content d'avoir survécu à la guerre d'Irak pour entendre ça !
-Quand tu nous affirmais qu'il n'était pas bien planché....
-Assez joué, McHornbeef, je n'ai pas de temps à perdre, tu me dis ce que tu faisais autour de la maison de Ted, sinon je te colle en cellule pour te laisser réfléchir, le temps que l'on passe en revue tous les motifs de contraventions de ta moto et, crois moi je vais en trouver, une liste plus longue qu'un jour sans pain, tu n'es pas prêt de sortir du putain de cachot ! Parle, non de Dieu !
-Je priais pour chasser le diable qui a pris possession de leurs âmes... à Ted et sa femme.
-Tu n'es pas entré dans la maison ou l'atelier ?
-Je ne peux pas, tant que le diable y sera... il faut exorciser la maison, Ted va nous apporter de grands malheurs, si le diable reste dans sa maison, la ville pourra être détruite par Dieu comme Sodome, nous subirons des pluies de souffre et de feu...
-Pour nous épargner cette catastrophe, tu as tué Ted et sa compagne ?
-Kenneth, je peux te parler, lui glissais-je à l'oreille...
Nous nous éloignâmes de quelques pas...

Baltimore hécatombes / Alain René Poirier

-Kenneth, je crois avoir vu ce type près du stade, lors de la découverte du cadavre de Laura, c'est sa moto qui m'y a fait repenser...
Kenneth retourna vers McHornbeef.
-Alors si ce n'est pas toi qui les as tués, qui est-ce, tu étais présent, tu as forcément vu entrer l'assassin...
-Oui, c'est un ange blanc, venu à moto qui m'a dit : « Sauve-toi, pour ta vie; ne regarde pas derrière toi, et ne t'arrête pas dans toute la plaine, sauve-toi vers la montagne, de peur que tu ne périsses ». Je me suis éloigné, puis il a pénétré dans la maison... Je suis parti tout droit vers Sawkill Creek, j'ai regardé couler l'eau, une libellule m'est apparue, une grenouille a essayé de la gober, raté, elle a fait du rase-mottes au dessus de l'eau, un poison a sauté pour l'avaler, raté... j'ai pris ces deux chances de l'insecte aillé pour un signe de Dieu, pour me dire que sa mission était accomplie, je suis revenu devant la maison de Ted, le Diable n'y était plus....
-Tu as été vu devant le stade de base-ball de Baltimore lors de la découverte du cadavre de la chanteuse Laura, que faisais tu à Baltimore ?
-Dieu m'avait demandé de lui réciter des prières pour qu'elle revienne dans le droit chemin, c'était une dévergondée, une offense permanente au Seigneur...
Kenneth me pris par le bras pour que nous sortions de la salle d'interrogatoire, il donna l'ordre de faire reconduire McHornbeef en cellule, de faire prélever son ADN...
-Ce type est malade, ou se fiche de nous, je le garde au frais en attendant d'avoir vérifié ses dires et comparé son ADN.
Maxou n'avait pas été admis en salle d'interrogatoire, il n'avait pas encore croisé de près McHornbeef... Nous étions de nouveau dans le couloir, lorsque les hommes de Kenneth, conduisant McHornbeef dans sa cellule, passèrent devant nous. Maxou fit mine de lire un texte sur son smartphone, mais McHornbeef en le

croisant lui décocha un clin d'œil. Je le remarquais, sans en faire mention.
Kenneth nous tiendra au courant de l'évolution de son enquête dans le Delaware, de mon côté je l'assure de partager toutes les infos dont je disposerais, avant de prendre congé, de regagner nos pénates.

Baltimore hécatombes / Alain René Poirier

Chapitre 7

La fausse piste

Arrivé au bureau, Bill me tend une enveloppe, pas de l'ordinaire comme missive, de la putain de lettre anonyme. J'imagine mes amis regardant le vol noir du corbeau planant au dessus de mon bureau, il vient croasser jusque dans mes mains, pour dénoncer vos fils, vos compagnes.... Je m'égare... La lettre accuse Maxou, le présente comme le tueur en série de Laura et des témoins de l'affaire. Étrange, cette accusation, Maxou s'arrange toujours pour que nous soyons ses alibis, et question qualité d'alibi, t'as pas au dessus. Ce qui m'interpelle, c'est que j'ai toujours eu cette intuition, Maxou a des liens avec toutes les victimes, j'ai même remarqué qu'il avait déjà rencontré ce McHornbeef de Milford, il a fait celui qui ne l'avait jamais vu, mais l'autre lui a adressé un signe de connivence, il semblait bien le connaître. Je demande à mes équipes de tout faire pour retrouver l'expéditeur de la missive dénonciatrice.
-Faut mettre le paquet les gars, je veux tout savoir, le bureau d'expédition, les empreintes s'il y en a, les caméras de surveillances autour du lieu où a été postée la lettre, ça coûte la peau du cul aux contribuables toutes ces caméras, c'est le moment de prouver que ce n'est pas de l'argent foutu en l'air...
J'en étais à essayer de trouver une putain de cohérence dans cet affaire lorsque Bill et Bob se pointèrent, un gus menotté,

Baltimore hécatombes / Alain René Poirier

gus accompagné d'un très proche, qui venait d'être pris la main dans le sac, alors qu'il assassinait tranquillement son voisin... au prétexte futile que la victime le menaçait pour harcèlement sexuel à l'encontre de sa femme... J'ai eu comme un moment de vide, genre syncope, je croyais avoir fait le tour des possibilités question jumeaux monozygotes, en commençant par celui où la cellule se divise très tôt, celui où elle prend plus de temps pour donner des jumeaux symétriques, là cette feignasse de cellule en a pris encore plus, me voilà avec des siamois, deux tête, deux troncs, quatre bras, un cul, deux jambes... Il n'y a que dans la vie où la réalité dépasse la fiction, tu ne peux pas écrire un truc pareil dans un roman sans passer pour un fumeur de pas gitanes.... Bill me fait le point, l'assassin, celui de droite est Ron, celui de gauche a appelé la police pour le dénoncer, c'est Ronny, il a tout fait pour l'empêcher de tuer Aaron son voisin. L'histoire du conflit prend ses origines dans le fait que Ronny est l'amant de Jessy, la femme de Aaron. Bénéficiant de sa proximité lors des ébats de son frère avec Jessy, Ron en profite pour lui prodiguer des attouchements, croyant que c'était Ronny qui la caressait, Jessy ne s'y opposait pas, mais constatant que le nombre de mains sur son corps était excédentaire, elle se douta de quelque chose et s'en plaint à son mari.... Le Mari jaloux comme un tigre borgne, est venu menacer Ron, ce dernier à sorti son arme et à fait feu sur Aaron...
-Je vois, du classique en somme... Le problème, comment mettre Ron en prison sans enfermer un innocent avec lui... Ronny. Comment faire en sorte qu'ils ne communiquent pas avant le procès...
-Pour augmenter la difficulté, les deux frères sont en conflit, n'ayant qu'un sexe pour deux, Ron affirme à Ronny que c'est lui qui baise Jessy, il déclenche son éjaculation pour montrer à Ronny que c'est bien lui qui fait l'amour à sa maîtresse, le faisant passer pour un éjaculateur précoce.... Les deux frères ne peuvent pas s'encadrer, s'ils partagent la même cellule, il vont s'entre-tuer,

Baltimore hécatombes / Alain René Poirier

et Ronny est innocent....
-Laissez moi réfléchir, je vais en discuter avec Jim...
    Jim arrive dans la matinée, il a encore été roder devant l'immeuble, près du stade, où Maxou se réfugie pour échapper à l'emprise de sa mante religieuse.
-Dick, j'ai des infos pour toi, près du stade de base-ball, Maxou n'a pas seulement un studio, mais aussi un appartement, comme son frère Kevin, l'autiste. Ce matin, je l'ai vu sortir à moto, je l'observais, j'ai pris des clichés au téléobjectif AF-S Nikkor 200-500MM F/5,6E ED VR de mon Nikkon D7100, regarde les photos... Il n'y a rien qui te choque ?
-Putain, quel piqué, t'as l'impression de voir sa gueule au microscope...
-24,1 millions de pixels, plus le télé de 500, je te fais comme qui rigole, à 50 pieds de distance, un gros plan de son moindre bouton, son plus petit comédon en formation, sa plus minuscule excroissance de chair, son début de ridule, de sa plus petite veinule de couperose... regarde bien la photo suivante, celle juste avant qu'il ne baisse sa visière de casque...
-Il devrait se couper les poils du nez, ça fait dégueulasse... là tu vois ses loups, qui ne sont pas flous.... c'est fou ces gros plans...
-Tu ne remarques rien ?
-Qu'a-t-il de spécial ?... non
-Justement, rien !
-Où est le problème ?
-Le problème est que nous devrions voir les traces de sa chute d'hier, lorsqu'il s'est écrasé la tronche, s'est croûté comme une merde sur le sol, s'est brisé l'incisive, chez Ted. Là, comme par miracle, aucune trace, et je te garantis que je n'ai pas fais jouer Photoshop... Faudra lui demander la marque de sa crème réparatrice, elle semble encore plus efficace qu'Herbagen, qui te régénère la peau, grâce à la bave d'escargots.
-Putain, c'est bien sûr, maintenant que tu me le dis... A propos de

Baltimore hécatombes / Alain René Poirier

Maxou, pour nous attirer l'attention sur ce zigoto, je viens de recevoir cette lettre.
Jim prend le papier, jette un œil, me regarde l'air interrogatif, se replonge dans la lecture...
-J'en étais persuadé, ce type, je ne le sens pas depuis le début, il a vraiment une bonne gueule de coupable.
-Le problème, Jim, à chaque fois il a un alibi, et cet alibi c'est nous.
 Jim paraît emmerdé de n'avoir aucun indice contre Maxou. Puis avisant Ron et Ronny qui le fixent, il me demande ce que font ces.. ce... dans le bureau, assis entre Bill et Bob. Je lui explique l'histoire, le meurtre, l'arrestation. Jim semble intrigué, désappointé, regarde alternativement Ron et Ronny dans les yeux, l'un après l'autre, le regard pénétrant bien au fond de leur âme, recule d'un pas, fait une génuflexion, se détend les mollets, semble se parler à lui même, finit par tomber d'accord... S'en suit une réaction surprenante, il sort son Glock 22, et descend froidement Ron.
-Bon, excusez pour la bavure, mais il n'y avait pas d'autre solution. Bill, Bob, emmenez moi ça au légiste qu'il découpe Ron, et renvoyez Ronny chez lui... Putain ce qu'on perd comme temps en formalités dans ce putain de pays... Te font des lois, ne prévois pas la moitié des cas, t'es obligé d'improviser.... Après viennent gueuler si tu outre-passes légèrement les règles.
 Ronny se met à geindre, imagine la découpe, la répartition des membres et organes....
-Les jambes et le sexe sont à moi seul, je ne veux pas les partager avec Ron, Lui n'a que le tronc et la tête, je suis l'aîné, c'est à moi....
Jim le regarde minauder, trouve son attitude manquant de dignité... Le regarde à nouveau, a l'air effondré de voir sa réaction, lui fait pitié, ce type n'a aucune estime de lui même se dit-il à lui même...

Baltimore hécatombes / Alain René Poirier

-Et gna gna gna, et gna gna gna.... fit Jim à haute voix
Jim sortit son gun une nouvelle fois, visa la tête de Ronny qui se figea bouche ouverte, Jim tira, le tua...
-Bon, plus de partages, plus de conflits, problème réglé !
C'est ce moment là que mon téléphone choisit pour sonner... C'est Kenneth, il m'appelle de Milford.
-Hi Dick... Je viens de regarder le contenu du smartphone de McHornbeef, devine ce que j'ai trouvé ?
-La tronche de Maxou ?
-Non.
-Une sexe-tape de Sarah Palin chevauchant Donald Trump ?
-Ne projette pas tes fantasmes.
-Des photos de Christine O'Donnell se masturbant avec un cierge de pâques, souillant les tapis d'une mosquée devant un Rabbin voyeur, qui découvre qu'elle est une femme fontaine...
-Ne plaisante pas, ce gus a filmé le dernier Show de Laura au « Cabaret at Germano's »
-Putain ce n'est pas vrai... le patron du cabaret m'avait parlé d'un gus inconnu qui avait capté le show, mais je n'imaginais pas qu'il parlait de lui... Cuisine le à fond, c'est peut être notre coupable, ces gus prosélytes de l'abstinence ont, comme les autres, les hormones qui se manifestent sans leur demander leur avis, l'acné qui leur intime l'ordre de tirer leur coup, pour calmer les sécrétions des glandes sébacées... Ils sont affolés par la pratique du cul, ont peur de ne pas être à la hauteur, se voient la bite avalée toute crue par des vagins qu'ils imagines avides de chair fraîche, revoient leurs mamans raconter des histoires de croquemitaines, prennent peur, surtout si leurs maternelles étaient du genre castafiores castratrices, se croient menacés, se voient en légitime défense, tirent sur tout ce qui, à leurs yeux, constitue une attirance pour les propriétaires de ce morceau de viande à turgescence stimulée trônant entre leurs jambes, trouvent une excuse pour justifier leurs pulsions sexuelles, les

Baltimore hécatombes / Alain René Poirier

transforment en pulsions pour donner la mort, tuer celles qui les excitent...
-Je le maintiens en garde à vue, je te tiens au courant...
-Ici question nouveautés, j'ai reçu une lettre anonyme accusant Maxou des meurtres. Jim l'a photographié ce matin, il n'a plus aucune trace de sa chute d'hier chez Ted, lorsqu'il s'est pété la ratiche de devant... Nous creusons de notre côté, je te rappelle dès que j'ai du nouveau, Salut Kenneth.
-A plus Dick.

Curieux, des pistes dans toutes les directions... Je n'aime pas ça... J'en étais à ce stade de réflexion, lorsque Bill m'appela pour me dire qu'avec ses hommes, ils avaient identifié le corbeau de la lettre, l'avait arrêté, qu'ils me l'amenaient au bureau pour que je l'interroge sur ses sources...

Bill arriva en compagnie de JL Branchy, tout de noir vêtu, ce qui pour un corbeau est la moindre des choses, imprimeur de son état, il vivait maintenant sur l'île de Hart-Miller. En cherchant ce qui pouvait le lier à Maxou, en examinant le blog de ce dernier, blog qu'il tenait avant qu'il ne soit journaliste, j'y ai trouvé une série d'articles intéressants. « Tout sur la mort par suicide de la femme de JL Branchy ». Maxou mettait en doute cette version volontaire de passer le Styx, de vouloir coûte que coûte caresser les trois têtes du Cerbère, de lui donner des nonosses à ronger. Il démontrait que Rachel Branchy, la première femme de JL, coutumière des tentatives d'autolyses pour attirer l'attention sur elle, n'avait pas été secourue à son dernier essai, dernier puisque le bon. Sa mort arrangeait JL, Rachel lui avait donné tout ce qu'il pouvait en attendre, la part de l'héritage venant de ses parents, sa maison actuelle sur l'île... Si elle souhaitait divorcer, il risquait de perdre ses acquis maritaux, homme pingre et intéressé, il ne pouvait l'accepter... écrivait-il à l'époque. Rachel n'était plus rentable, le citron pressé, devenait gênante, un obstacle... à ça il ajoutait que pendant ce temps là,

Baltimore hécatombes / Alain René Poirier

Branchy filait le parfait amour avec Mary-Ann, la meilleure amie de Rachel. JL imposait même sa maîtresse sous le toit conjugal, dans leur maison de l'île Hart-Miller, héritage de Rachel, qui venait d'une cousine à elle. Ce ménage à trois, qui n'avait rien d'un remake de Jules et Jim, uniquement dans le but de la déstabiliser d'avantage, de la pousser à de nouvelles tentatives de suicide. Maxou démontrait même la préméditation, en prouvant que l'héritage de sa femme avait été transformé en société immobilière dont JL devenait l'actionnaire majoritaire, pour éviter qu'après la disparition de son épouse, ses enfants n'en soient les seuls héritiers. Maxou poussait même le doute jusqu'à penser que l'incinération de Rachel n'avait pour but que d'interdire toute possibilité d'autopsie, au cas où un taux de sédatifs accompagné de marques sur le corps prouverait qu'elle avait été aidée à prendre sa potion mortelle, son bouillon de onze heures... certainement de la pure spéculation... Maxou affirmait aussi, que JL avait épousé Rachel tout jeunot, il terminait son grade 12 à la High School de Baltimore, parce qu'elle lui avait affirmé qu'elle était enceinte de ses œuvres, il avait dû arrêter ses études pour assumer, avait été privé d'université... Maxou se faisait fort de démontrer que cet enfant ne pouvait pas être de lui, il avait les yeux bleus comme l'ancien fiancé de Rachel, que chez les Branchy, personne n'a jamais eu les yeux bleus, que sur cinq générations aucun membre de la famille n'avait eu des yeux plus clairs que noir de jais, leurs origines tiraient plus des latinos que des irlandais ou des suédois, qu'il pouvait le prouver par des tests génétiques, qui excluraient JL comme géniteur. Rachel avait brisé les ailes de son avenir, il s'était enfin vengé, la laissant se suicider sous ses yeux, en l'aidant juste un peu... sans lever le petit doigt pour la sauver... Je commençais à comprendre pourquoi JL en voulait tant à Maxou. De là à le dénoncer... Connaissant Maxou, je me demande même s'il ne faisait pas chanter JL... Ce gus est capable de tout...

Baltimore hécatombes / Alain René Poirier

-Mr Branchy, que signifient vos initiales JL.
-Johnny Luciano, mon nom est Johnny Luciano Branchy.
-Mr JL, vous êtes bien l'auteur de cette lettre ? Le questionnais-je en lui mettant le papier sous le nez.
-Oui, confessa JL, en se grattant la barbe, le front s'empourprant légèrement.
-Je suppose que vous avez des preuves sérieuses pour étayer vos accusations. Parce que les alibis de Maxou sont béton.
-Ne vous fiez pas à ce que voient vos yeux, Maxou a le don d'ubiquité, m'asséna-t-il, sûr de lui.
-Vous êtes sous psychotropes, vous avez fumé quelque chose? Ne mentez pas, les tests nous le confirmeront !
-Non, je suis parfaitement sain d'esprit, je sais ce que je dis. Pour preuve, un jour, il importunait Mary-Ann, qui en ce temps là n'était que ma future épouse, elle m'a téléphoné pour se plaindre de sa façon de la persécuter. Au même moment, vous m'entendez, au même moment où Mary-Ann me le décrivait en direct au téléphone, de mes yeux, je le voyais, il était en face de mon imprimerie, assis sur sa moto, il épiait mes moindres gestes. J'ai demandé à Mary-Ann de me confirmer qu'il se trouvait bien face à elle, elle me confirma qu'il remontait sur sa moto, elle m'expédia même sa photo par mail... C'est arrivé à l'époque où il écrivait ces articles diffamants sur nous, dans son blog.
-Vous avez porté plainte à l'époque ?
-Non, cette période de ma vie n'était pas simple, je ne voulais pas que des étrangers arrivent avec leurs gros sabots pour la piétiner...
-JL, voyons les choses sous un autre angle, je comprends votre haine vis à vis de Maxou, mais je suis en droit de me demander si vous ne l'accusez pas, par simple esprit de vengeance... Peut être avez-vous commis les meurtres vous même, pour le faire accuser... une façon de vous venger. Où étiez-vous aux moments des meurtres ? Vos alibis sont ils aussi fiables que ceux de Maxou ?

Baltimore hécatombes / Alain René Poirier

-Je ne sais pas, que répondre, je n'ai pas préparé de défense, ce qui prouve mon innocence, non ?
-Ou votre stratégie pour faire croire à votre innocence... Bill, place moi ce gus en cellule le temps que nous vérifions ses emplois du temps pour les meurtres de Laura, Amy, Betty, John, Sarah et Ted.

Baltimore hécatombes / Alain René Poirier

Chapitre 8

L'enquête

Les écouteurs enfoncés dans les oreilles, j'écoutais notre groupe vedette de Baltimore, « Future Islands ». Samuel T. Herring chantais « Seasons Waiting on You » accompagné par Gerrit Welmers au synthétiseur, de William Cashion à la basse et Denny Bowen à la batterie, lorsque je reçu un coup de fil de Kenneth, mon collègue de Milford. Il était bloqué, l'interrogatoire de McHornbeef piétinait le gus avait donné des raisons bidons de sa présence sur les scènes de crimes, depuis il gardait le silence, fermé à double tour, se réfugiait dans le mutisme, s'y enfermait, s'y calfeutrait... Kenneth n'en trouvait pas la clef, pensait qu'une délocalisation le déstabiliserait, le rendrait plus loquace, plus coopératif, lui délierait peut être la langue, lui stimulerait le volubile, l'encouragerait à la confidence...
-Dick, j'ai besoin de ton aide, je dois vérifier sur place les affirmations de McHornbeef. Revenir sur les lieux de ses crimes le décoincerait peut être. Il reste sur sa version, il priait dans ces endroits possédés par le démon, prêchait pour convertir ces suppôts de Satan, voulait sanctifier ces aires de fornication, aires où l'on ne bat plus le blé, blé qui se transmutait en corps du Christ en devenant hosties, aires où l'on se contente aujourd'hui de s'ébattre dans la pornographie... ses propres mots.... Il hurle que les mains jointes pour la prière sont remplacées par les

Baltimore hécatombes / Alain René Poirier

poings de l'érotisme brachio-vaginal ou brachio-proctique, qui eux même ont remplacé le poing gauche levé des communistes. Il était présent sur ces lieux de perdition pour sauver les âmes en déshérence, pour racheter les péchés, son chemin de croix, qu'il parcourt du jardin de Gethsémani à la mise au tombeau, pour leur ouvrir toutes grandes les portes du Paradis, sa mission, il se croit devenu soldat de Dieu, son héritier, cohéritier de Christ.... Comme dans le livre de Daniel, l'ange Gabriel, issus de la lumière, est venu lui transmettre un message de Dieu, son apostolat sur cette terre, qu'il devienne leur conscience, leur ange gardien. Sa mission, éviter par le rachat de leurs fautes, qu'à l'entrée du Paradis, l'ange Michel et sa milice céleste ne les terrassent comme ils exterminent les démons, les renvoyant brûler dans les flammes éternelles des enfers. Il ajoute que Raphaël n'est pas venu sur terre pour qu'ils se vautrent dans le stupre, la luxure et la fornication, éjaculent des océans de foutre sans avenir créateur, mais pour qu'ils puissent engendrer une descendance louant Dieu, comme il le fit pour Sarah qui engendra Isaac à 90 ans.

-Pas de soucis Kenneth, tu sera toujours le bienvenu ici, l'union fait la force.... Aussi sûr que l'oignon fait la soupe.... Excuse moi, c'est juste pour détendre, ton gus a l'air super perché, non ? Ici Jim te changera question préoccupations... chez lui la prostate remplace l'âme, son sexe est son crucifix.

-Dick, je te demande l'hospitalité et ta collaboration, à charge de revanche comme d'ab'.

-Viens avec ton guignol, et sa collection de bondieuserie, nous vous attendons.... Si le déplacement le rend disert, nous l'écouterons égrainer ses conneries autour d'un feu de camp, j'apporterais ma « PRS Angelus Tree of Life PS 5365 » et nous chanterons des gospels.... pour le mettre dans l'ambiance... GOD Bless you.

-Avant ça, je souhaite vérifier ses alibis, découvrir ce qu'il faisait

Baltimore hécatombes / Alain René Poirier

sur les lieux du crime de Laura ainsi qu'au « Cabaret at Germano's » Je t'assure, j'ai besoin de changer d'air, avec ce gus dans sa cellule, le Police Department est tellement imprégné d'eau bénite, que j'en attrape de Saintes mycoses, ce mec nous fout l'humidité pieuse, la sainte moisissure partageuse, l'eucharistie pourvoyeuse de candidoses. A Baltimore, j'ai besoin de toi. Je n'ai de compétences que dans le Delaware, je n'ai pas de légitimité pour intervenir.
-Pas de soucis, Kenneth, nous faciliterons tes investigations, notre collaboration a toujours été fructueuse, elle est normale, je pense, que dis-je, je suis sûr, que les meurtres de Ted et de Sarah commis au Delaware sont liés à ceux de Baltimore, ton gus est en bonne place pour remporter la coupe du championnat des coupables.
-Merci de ton soutien Dick, nous partons, nous arriverons d'ici deux bonnes heures.
Je raccroche, Jim me regarde l'air goguenard...
-Heureusement, Dick, que pour la circonstance, ton first name n'est pas George... rigola Jim.
-Pourquoi ? Le rapport ?...
-Kenneth aurait alors dit, merci de ton soutien George, le truc pour te remonter les nichons, des travelos qui s'échangent leurs sous-tifs entre les flics du Maryland et du Demaware... Une putain de collaboration entre états, mieux que le FBI.
-Que tu peux être con, s'en est à pleurer, tu es vraiment bête à bouffer du foin...
-Merci de ton soutien-George, ah putain, je pouffe, j'en ai les pointe des tétons qui se contractent...
-Sérieux, Jim, Kenneth nous amène McHornbeef, pour le cuisiner, le passer sur le grill, prépare-toi.......
-Tu veux lui griller le fion façon T-bone ? J'allume le barbecue, je vais te l'asseoir dix minutes pour le saisir, le faire pivoter de 90° précis pour, sur ses fessiers, faire des carrés bien grillés, du perpendiculaire, de l'angle si droit que les francs-maçons en

Baltimore hécatombes / Alain René Poirier

auront la trique... après, je lui peindrais chaque carré dans des dégradés de couleurs, je lui ferais le cul Vasarely... l'art du barbecue ne peut pas être mis entre les mains d'un gougnafier, de l'amateur qui te grille sans la moindre ambition artistique, qui te fait des carrés aux gueules de losanges, de rectangles, de n'importe quoi, du dégénéré de carré... du gus qui te grille le cul sans le soucis du travail bien fait, du tortionnaire sans envergure... Tu me dis où se trouve le charbon de bois et l'alcool en gel, j'ai mon briquet....
-Jim, c'était une façon de parler, une image de rhétorique, une figure de style, une litote, tout ce que tu veux, mais surtout pas du premier degré....
-Putain t'es chiant, tu ne peux pas te contenter de dire les choses simplement, reste premier degré, compréhensible, à la portée de tous, un peu de pédagogie bordel de merde. Nous sommes dans la police, pas dans un salon d'intellos New-Yorkais, où des feignasses de première, sapés comme des milords, entre deux lignes de poudre, passent leur temps à deviser sur « la critique jazzistique et les absurdités auxquelles les tenants de la tradition Panassié refusant le droit à Parker, Coltrane ou Monk, d'entrer dans le *Dictionnaire du jazz* ! et les tenants de la modernité, qui ont la cocasse prétention de faire d'Armstrong un jazzman dépassé » !
-Pas possible ce Dick, quand il ne s'étale pas dans l'euphémisme, il se roule dans la rhétorique. Tu vas t'en mettre plein l'uniforme, ça tache comme ce n'est pas permis ces trucs, je ne te raconte pas le cirque pour nettoyer tout ça. Les « riches-men » peuvent se le permettre, ont du personnel pour parer à leurs maladresses, des petites mains qui se font lavandières, mais nous, nous devons nettoyer seuls, avec nos petits doigts agiles.
-Tu t'y mets aussi ?
-Bordel à queue, il m'a contaminé, je monte dans les degrés comme du raisin californien au soleil d'automne... Je file dare dare 401 North Broadway, au Harry et Jeanette Weinberg

Baltimore hécatombes / Alain René Poirier

Building, pour me faire vacciner, prendre l'antidote, bouffer tous les vermifuges qui tuent la bestiole dans l'œuf, éradiquer le fœtus avant que le second degré ne m'envahisse comme une métastase, se transforme en troisième degré, pour finir dans l'exponentiel...
-Laisse tomber ta consultation au Johns Hopkins Hospital, il y a mieux à faire... En attendant l'arrivée des gus de Milford, j'aimerai que tu fouilles du côté Maxou. Comment et pourquoi ce fouille poubelles connaît le gus du Delaware. Profites-en pour tirer au clair cette histoire d'ubiquité, le Branchy, bien qu'un peu con sur les bords, avait l'air sincère...
-Tu minimises, Dick, je t'assure que tu minimises...
-Je minimise quoi ?
-L'air con du Branchy...
-Mets aussi un gus en planque devant chez Maxou, 24 sur 24, je veux savoir qui entre, qui sort de l'immeuble de sa garçonnière. Ce type nous cache des choses, je suis certain qu'il a un lien direct avec tout ce merdier, s'il n'en est pas le commanditaire ou, s'il ne manipule pas le McHornbeef. Tu le fais en discret, change tes sabots contre des charentaises, tu connais les pouvoirs de sa famille, le moindre faux pas et le boomerang nous revient dans la tronche.
-Dois-je aussi interroger Lindsay, vérifier qui la pénètre, approche son corps, savoir qui y va et qui en vient, à combien, faire des reconstitutions, explorer les traces ?
-Jim, nous bossons, nous avons sur les bras des cadavres à ne plus savoir qu'en faire, nous pourrions même tenir un commerce d'organes au détail pour stakhanovistes de la greffe, nos tables d'autopsies sont plus garnies que des étals de boucherie kascher, la veille de Pessah. A ça t'ajoutes la politicaillerie, qui devant notre manque de résultats commence à ruer dans les brancards. J'ai le maire et le gouverneur sur le dos, mon téléphone GSM me micro-onde le cerveau des heures durant, tellement ces foireux stressent pour leurs postes, la populace jacasse, elle les pousse au

Baltimore hécatombes / Alain René Poirier

cul. Mauvais pour leur avenir, tout ça, c'est très mauvais... Population sans satisfactions, pas de réélections... Alors pour ta libido, tu attends la résolution de l'affaire ! Tu te débranches les couilles, te retires les doigts du cul, en premier lieu du tien, te boostes le cerveau, et tu me bosses à donf pour résoudre cette putain d'enquête !
-J'envoie Jenrry en planque devant sa baraque...
Jim se saisit de son téléphone, il ordonne la surveillance de l'antre secondaire du journaleux, puis se lève, relève ses jambières de pantalon pour découvrir de splendides socquettes blanches, ouvre son tiroir, en sort un gant en lamé, qu'il s'enfile sur la main droite, bombe le torse, rejette sa mèche en arrière.... le voici qui réalise un moonwalk parfait... il commence à chanter plus faux qu'une casserole, qu'un jambon, termine en grand écart...
-I can't get no satisfaction
I can't get no satisfaction
'Cause I try and I try and I try and I try
I can't get no, I can't get no
-Putain Jim ! Have some dignity please.... Démerde toi tout seul pour te relever !

    Pour faire baisser ma tension artérielle, m'éviter de péter une durite, surtout celle irriguant mon hémisphère cérébral gauche, de terminer ma vie en pissant sur moi, le cul garni de couches humides et chaudes, flottant dans cette odeur de pisse qui fleur bon l'ammoniaque, effluves suaves qui te guident sur le chemin des chiottes messieurs, lorsqu'une envie te prend, pendant tes emplettes dans ton Super Market... Faut croire qu'il n'y a que des parkinsoniens pour faire les courses chez les mecs, ont la pissette hasardeuse, le maintien de bite imprécis, le jet imprévisible, la miction indisciplinée, te pissent partout sauf dans le trou... Loi de Murphy... devraient se mettre à pisser à l'andalouse. Ton hémisphère gauche compressé, c'est aussi le bras droit paralysé, la parole ne trouvant plus le chemin de la bouche, idées qui tournent dans la tête sans trouver la sortie, le chemin de

Baltimore hécatombes / Alain René Poirier

leur concrétisation, qu'il ne te reste que tes yeux pour faire savoir que tu souffres de ne plus pouvoir être compris, qu'autour de toi ils commencent à te parler comme à un débile, séparent chaque syllabes, simplifient les phrases, s'aventurent dans le petit nègre, s'habillent de condescendance, se maquillent les yeux de pitié... Tu gueules dans ta tête, STOP, STOP ! Je ne suis pas devenu con, juste que mon cerveau ne commande plus mes cordes vocales... Je comprends tout, même les phrases compliquées, bandes de connards ! Pour faire bonne mesure, ils te parlent aussi plus fort, pour mieux te faire comprendre, croient-ils... alors que tu n'es pas plus sourd qu'avant, ne savent pas se comporter, ignorent ce que c'est, agissent dans l'urgence, sans réfléchir, pour se débarrasser de la corvée de ta visite, au plus vite, échapper au malaise que tu crées... L'horreur de l'AVC qui guette l'hypertendu grignoteur de paracétamol... Je m'installe les écouteurs dans les oreilles et lance « The Story of Bo Diddley » je sélectionne la partie :

And he said, Hey, Jerome? What do you think these guys doin' our..our material?
Jerome said, Uh, where's the bar, man? Please show me to the bar...
He turned around the Duchess
And he said, Hey Duchess...what do you think of these young guys doin' our material?
She said, I don't know. I only came across here to see the changin' of the Guards and all that jazz.

Me la passe en boucle, à fond les bananes, jusqu'à ce que je redescende à 14 de tension systolique... Putain que la voix de Burdon fait du bien, ce mec est né pour chanter le blues. Je sais, il est blanc de peau, n'a pas souffert dans les champs de coton, encouragé par le fouet du stimulant contre-maître, mais s'en est tant et tant envoyé dans le cornet, tapissé le pif, injecté dans les veines, pour oublier quelques temps la douleur née de l'esclavage, qu'il l'a prise à son compte, il vit ainsi dans sa chair leurs souffrances, comme un vrai bluesman. Bluesman de cette époque où les Noirs étaient dignes, avant qu'ils ne dégénèrent en se dissolvant dans le Rap, le bling-bling à gourmettes, perdent

Baltimore hécatombes / Alain René Poirier

l'identité noire pour devenir des blacks, se shootent au McDonald, Coca-Cola et autres singeries de la société de consommation balancées dans leurs pattes par les industriels du show-biz, qui n'en ont fait que des caricatures à consommer comme du pop-corn. La révolte en libre service, en solde, qui pue l'individualisme, l'ultra libéralisme, comme la gueule de l'alligator du bayou, empeste la charogne. C'est qu'ils passent plus de temps à faire les « m'as-tu-vu », qu'à se consacrer à leur hygiène dentaire, les archosauromorphas, le corps plus surchargé de tatouages qu'un wagon de la « 2 seventh Avenue Express » de graffitis... T'es loin des Muddy Waters, Sonny Boy Williamson ou d'un John Lee Hooker ! Ont vendu leurs lentilles de dignité contre de l'ostensible, arrivent même à rêver de se faire poser des feuilles d'or sur le gland, les dents ne leur suffisent plus, bonjour la distinction, lutte incessante et indécise entre le vulgaire et la connerie, le système consumériste ne sais plus quoi inventer pour vendre de l'inutile, dépense des trésors d'imagination pour rendre de plus en plus con, alors que parallèlement pas un seul nouvel antibiotique pour soigner n'a été découvert depuis cinquante ans, pas rentable de guérir, faut juste masquer, traiter à vie, rente de situation, tiennent ta vie en te serrant les couilles, tu va raquer, cracher au bassinet. God Bless América, démocracy... Wake up !

Kenneth, accompagné de McHornbeef, pousse la porte du bureau. Après les salutations de retrouvailles, l'accolade tapes dans le dos, le fist bump de rigueur, avec mon collègue de Milford, nous conduisons son suspect en salle d'interrogatoire. Le gus azimuthé hurle en boucle : « Fornication, Fornication ». Un filet de salive pend de chaque côté de sa bouche, du gluant, du filant, le genre à se trouver sur la langue d'un caméléon, à t'engluer les mouches.
-Il a l'air encore plus con que chez toi, glissais-je à l'oreille de Kenneth, c'est le changement d'air ?
-J'ai peur que l'air n'y soit pour rien, je serais plus pour accuser

Baltimore hécatombes / Alain René Poirier

l'atavisme, le congénital, le natif, l'inné, l'originaire.
Jim se frotte les mains, il veut mener l'interrogatoire du pétaradeux à guidon, ça le reposera de ceux de Lindsay, pour sûr, il demandera moins question investissement physique. Jim pourra se reposer le circulatoire, canaliser sa pression sanguine, la répartir différemment, se décontracter le gland, se détendre le spongieux, avant de revêtir sa toque de maître queux, pour te cuisiner le prévenu aux petits oignons. Jim fait le point avec Kenneth, qui restera en retrait en ma compagnie. Chose faite, je le briefe à mon tour.
-Jim, tu ne prends pas de bouquins, ni règles ou d'autres instruments contondants, prépare toi pour réaliser un interrogatoire moderne, sans toucher à l'enveloppe corporelle de ton gus, tu n'as que des mots à ta disposition... Je me suis bien fait comprendre ?
-Tu fais chier avec tes méthodes modernes. Ce que je constate, plus tu fais dans le moderne, plus tu perds de temps, plus le gus contrevenant se drape dans l'impunité, t'ajoutes à ça les baveux, qui reniflent la faute de procédure comme un boute-en-train la monté d'hormones au cul de la jument, et t'as la criminalité qui augmente. Putain où est-il le bon vieux temps, celui qui te voyait tirer avant de discuter, tu flingues d'abord, tu dessoudes allègre, tu économises en parlote, ton suspect six pieds sous terre, t'améliores tes statistiques question récidivistes...
-Jim, tu te contentes du légal, le respectueux des règles, ne souilles pas l'uniforme que tu as sur le dos...
-Si je l'interroge à poil dans mes pompes, pourrais-je lui filer des coups de Bible dans le buffet, lui écraser les arpions du talon de mes santiags, lui éclater le tarbouif, lui latter les guibolles sur le devant des tibias... Juste ce qu'il faut, pour le mettre en de bonnes dispositions ? Tu me connais, je n'ai pas le goût pour la violence gratuite, pour preuve, je me suis caché les yeux en regardant Orange Mécanique de Stanley Kubrick, j'ai vomi en voyant la

Baltimore hécatombes / Alain René Poirier

tronche de Malcom MCDowell, foutu le bouquin d'Anthony Burgess dans les chiottes, sans jamais oser en arracher une feuille pour me torcher le cul. Juste à imaginer cette violence gratuite, je repartais pour un tour, déféquais de dégoût, me faisais le boyau Alzheimer, me refilais la chiasse juste au moment de conclure. Tu vois, après une bonne préparation, j'aime entamer une discussion constructive avec le coupable, faire avouer un crime ne souffre pas l'amateurisme. Le peuple réclame un coupable, nos politiciens veulent en présenter un à le foule vengeresse, n'importe lequel, sans importance, en paradant devant les médias, le genre satisfaits d'eux. Je suis certain de pouvoir lui faire avouer ses crimes, même s'il est innocent, surtout s'il est innocent, ce sont eux qui craquent le plus facilement... je te jure que ce sera bon pour ton avancement.
-Jim, non !
-Putain si l'on doit s'arrêter à tous les détails...
-Jim, tu interroges tranquille, questions, réponses, dans le style courtois, humaniste, sans préjugés, t'évites le familier.
-Je peux quand même lui foutre le deux milles watts dans la gueule, lui cramer les rétines, l'empêcher d'aller pisser jusqu'à ce qu'à ce que sa vessie explose, le forcer à rester debout pour lui faire éclater les varices, lui filer une trouille bleue à le faire se chier dessus, lui diffuser des images de mecs passés à tabacs, des trucs rigolos, l'entraînement à l'apnée dans une baignoire pleine d'excréments, comme on le voit dans le documentaire des sud-américains, formés par nos gars de la CIA, pour faire parler les communistes... Juste pour le fun, pour rechercher l'ambiance adéquate...
-NON, sinon tu restes de ce côté de la glace sans tain, et c'est moi qui l'interroge !
-Putain de pays de merde, t'as plus de droits pour les coupables que pour les victimes...
-Jim, avec des mecs dans ton genre, on a envoyé des tas

Baltimore hécatombes / Alain René Poirier

d'innocents à la chaise électrique, on en a pendu, on leur a injecté le cocktail létal... Ils sont morts pour rien !
-Il n'y a plus de peine de mort pour les coupables dans ce putain de Maryland depuis le 15 mars 2013, reste active uniquement pour les innocentes victimes des crapules, sommes obligés de flingués les suspects pendant les interpellations, après viennent te faire des émeutes. Si ton coupable sort et récidive, maintenant que tu n'extermines plus, te feront encore des manifestations et des émeutes.
-Jim, tu dois respecté la présomption d'innocence !
-Qui te dit qu'ils ne seraient pas devenus des serials killers tes soit disant exécutés innocents, n'ont pas eu le temps de passer à l'acte, c'est tout ! S'il avaient des têtes de coupables ce n'est pas sans raison... Tu crois que Dieu n'a pas voulu nous faire un signe pour nous prévenir de leur future dangerosité ?
-Avec ton raisonnement, tu tues tout le monde, t'es sûr qu'après ça la criminalité baissera.... Elle va s'éteindre, faute de gus sur la planète...
-Kenneth, il y a encore la peine de mort dans le Delaware ?
-Oui, nous l'avons encore.
-Tu le feras jugé chez toi, finira au bout d'une corde cet enfoiré...
-Jim, désolé de te dire que la potence à été démontée, on ne fait plus que de l'injection létale, le dernier pendu dans le Delaware, également le dernier aux States, fut Billy Bailey, parce que son crime datait d'avant 1986, depuis, plus de pendaisons.
-Tout se perd, même le sens de l'esthétique, un pendu ça a de la gueule, c'est droit, vertical, fier, un petit côté pendule de Foucault, te démontre une dernière fois que la terre tourne, avant de partir rejoindre les anges en bandant. Arrivé au ciel, il fait flipper les martyrs islamistes, en le voyant se pointer, dans cette condition avantageuse, la gaule en guise d'enseigne, en porte drapeau, en étendard de ses envies et de ses capacités, les explosés d'Allah tremblent de voir leurs 72 vierges s'inscrire sur les listes de ses

Baltimore hécatombes / Alain René Poirier

fans, impatientes, las d'attendre d'être la récompense de puzzles issus des kamikazes, qu'elles veuillent goûter tout de suite aux joies de la procréation fictive, de la défloraison ludique, le temps que les autres explosés volontaires se regroupent les morceaux... heureuses s'il n'en manque pas un bout, le plus utile, l'indispensable, picoré par un corbeau, grignoté par un rat, chapardé par un chat, gloutonner par un clébard.... que le martyre se soit transformé en eunuque... pas prêtes de perdre leurs pucelages les vierges avec de tels séducteurs... Avec l'injection, t'es ficelé, couché, t'en as même qui se chient dessus de trouille, la bravoure se perd, sans flingue à la main... aucun panache, de la mort de petites bites, de couilles moles, de politiciens... s'ils ne se gourent pas dans le dosage pour la piquouze. Dans ce cas, tu frises l'apothéose, te charcutent les bras pour t'injecter une dose de plus, te piquent et te repiquent pour trouver une veine encore en état... que tu finis les membres plus bleus qu'un schtroumpf, encore, estime toi heureux, si faute de veines antébrachiales accessibles, ils ne se soient pas attaqués à tes hémorroïdes.
-Jim, tu arrêtes tes conneries ?
-Alors va interroger ton gus, ça ne m'amuse pas, si ton interrogatoire c'est salon de thé, petit doigt en l'air, aspirer le breuvage bouillant et insipide, sans bruits, en te brûlant la gueule, cookies à grignoter, cul serré, col de polo fermé jusqu'au dernier bouton... je préfère passer la main.

Jim jetant l'éponge, j'interrogeais McHornbeef sur la raison de sa présence au « Cabaret at Germano's », confirmée par la vidéo de la prestation de Laura retrouvée sur son smartphone. Pour toute réponse McHornbeef me raconta qu'il avait filmé le show, pour se le repasser chez lui, afin de prier pour racheter l'âme de cette pauvre pécheresse. Sans se démonter, l'impudent poursuivit, en m'expliquant qu'il ne faisait que son devoir de bon chrétien, qu'il venait dans ces lieux de damnation,

Baltimore hécatombes / Alain René Poirier

uniquement pour prier, dans le but charitable de sauver l'âme de ses frères et sœurs en perdition. Je pensais non sans raisons, qu'il se foutait de ma gueule, lui, il croyait dur comme fer à ses conneries. Je lui demandais ce qu'il faisait juché sur sa moto, à filmer le cadavre de la jeune femme devant le stade des Orioles. Sa réponse évidente, il se trouvait devant le stade naturellement, pour acquérir des billets pour le match des Orioles contre Philadelphie. Pour preuve, il avait même acheté des posters de Ryan Flaherty et de Joey Rickard. Il avait enregistré la scène, par nécessité, par habitude, utilisant sa caméra frontale, celle qui lui sert à se filmer lorsqu'il roule à moto, juste parce qu'il se trouvait sur les lieux, un réflexe humain. Il filmait pour envoyer les images à FOXNews, contribuant ainsi à l'information de ses concitoyens, montrant aux yeux de tous où menaient les conduites impies, qui s'éloignent de notre seigneur Jésus Christ, le sauveur.... Puis il s'immobilisa quelques instants, avant de se signer. A partir de cet instant », il ne dit mot, se ferma comme une huître à marée basse, se mit à genoux, se frappa l'épaule gauche de la main droite, la droite de la main gauche, en criant pardonnez leur Seigneur, pardonnez leur ». Il fit une nouvelle pause et commença à prier.

Le Seigneur est mon berger : je ne manque de rien.
Sur des prés d'herbe fraîche, il me fait reposer.
Il me mène vers les eaux tranquilles et me fait revivre ;
il me conduit par le juste chemin pour l'honneur de son nom.
Si je traverse les ravins de la mort, je ne crains aucun mal,
car tu es avec moi : ton bâton me guide et me rassure.
Tu prépares la table pour moi devant mes ennemis ;
tu répands le parfum sur ma tête, ma coupe est débordante.
Grâce et bonheur m'accompagnent tous les jours de ma vie ;
j'habiterai la maison du Seigneur pour la durée de mes jours

Je sortis rejoindre Jim et Kenneth...
-Jim, viens m'aider, il faut lui faire un prélèvement toxicologique pour le labo, doit être chargé comme une mule de substances hallucinogènes. C'est pas Dieu possible, je suis certain qu'il s'injecte de l'eau bénite dans les veines, respire des hosties pillées

Baltimore hécatombes / Alain René Poirier

à s'en tapisser les cornets et la choane, fume des cierges... je ne sais pas ce qu'il prend, mais ce gus est allumé grave.
-Attends deux secondes, je vais chercher un crucifix, pour me protéger, je ne tiens pas à ce qu'il me morde, c'est certainement contagieux son truc, il peut être porteur d'un virus encore plus virulent que celui de la Ciréliose Phillipus Arowasus, virus qui rend plus chauve et con qu'une boule de rampe d'escalier, que tu meurs dans d'atroces bouffées de prétention et de faux-culerie...
-Vas faire le prélèvement au lieu d'étaler ta science en virologie prospective.
Jim se précipite sur McHorbeef le crucifix en estafette, sort un emporte-pièce, lui arrache un bout de chair.
-Voilà, je lui ai coupé un bout d'oreille, je l'envoie au labo.
-Ce n'était pas plus simple de lui frotter un écouvillon sur les muqueuses buccales ?
-Je fais dans l'efficace, vos méthodes à la mords moi le nœud, me gonflent.
-C'est une injonction qui peut s'avérer douloureuse, plaisanta Kenneth.
-Avec tout ça, je n'ai pas beaucoup avancé en écoutant ton gus, dis-je, m'adressant à Kenneth.
-Putain, voilà de l'interrogatoire qu'il est réussi, gloussa Jim...
-Ta gueule !
Kenneth ajouta que pour les crimes de Ted et Sarah, à Milford, il n'avait rien de concret non plus... Nous décidons de le garder en cellule ici. Keneth restera quelques jours parmi nous, pour les problèmes de compétences, deux états en cause, il nous faut préserver les susceptibilités, rester dans les clous... Nous en étions à échafauder un plan de bataille lorsque Jenrry, en planque devant la garçonnière de Maxou, nous avertit que ce dernier venait de sortir à moto... Ce qui se confirma d'un point de vue sonore, quelques minutes plus tard, nous entendîmes le bruit sourd de l'échappement de la Harley. Je jetais un œil sur le

Baltimore hécatombes / Alain René Poirier

perron, Le Maxou garait sa moto devant le police department... Quand il retira son casque, Jim, qui venait à la fenêtre l'observer à l'aide de ses jumelles, confirma qu'il n'avait aucune trace de sa chute, chez Ted... et qu'il était devenu droitier...
-Ce fumier est encore là à nous narguer !
Jenrry m'appela une nouvelle fois pour me signaler qu'une moto identique à celle de Maxou, avec deux passagers casqués, venait de sortir de l'immeuble de Portland Street, près duquel il planquait... Le pilote avait la corpulence de Maxou, le passager légèrement plus gros, il n'avait pas pu apercevoir leurs visages.
-Putain, faut arrêter la dispersion. La priorité maintenant, en finir avec McHornbeef !
Je retourne le voir dans sa cellule... Bordel de merde de saloperie de pute borgne, le sang de son oreille lui a donné des idées, ce connard est en train de se griffer le visage, les bras, le torse, qu'il s'est mis à nu, il saignotte de partout, en laisse des traînées sur les murs, il gueule « damnation », « fornication » « Vade retro satana... Amen » suçant sa médaille de Saint Benoît... J'appelle Jim à la rescousse, voyant la scène, son sang ne fit qu'un tour, il lui jeta la bouteille d'eau bénite, bouteille achetée à Lourdes, lors d'un voyage en Europe. Fiole qui trônait sur l'étagère du bureau à côté du « Good Bless you » de rigueur. Rien n'y fait. L'écorché refusa de se laisser approcher, devint super menaçant, hurla qu'il voulait extirper le diable en lui, se rua contre les murs, nous fonça dessus, la bave lui coulait de chaque côté de la bouche, il urina sur lui, puis invoqua Saint Michel,
Que Dieu se lève et que ses ennemis soient dispersés !
Et que fuient devant Sa Face ceux qui Le haïssent !
Comme s'évanouit la fumée, qu'ils disparaissent !
Comme fond la cire en face du feu, ainsi périssent les méchants devant la Face de Dieu ! ...
Voyant ça, Jim pensa qu'il fallait le fatiguer un peu avant de pouvoir le maîtriser. Il alla chercher la muleta qu'il avait

Baltimore hécatombes / Alain René Poirier

rapportée de Madrid, se campa face à lui, évita de justesse de se faire encorner, le furieux fit demi-tour, repassa sous le chiffon, Jim, se figea en posture « aguante », n'esquissa pas un geste, nouveau passage du forcené, encore et encore, Jim réalisa un tercio de toute beauté. Kenneth arriva en renfort, le possédé fonça sur lui, lui donna des coups de tête, le piétina, avec Jim nous parvînmes à l'arracher à l'emprise de la bête. Jim fit une autre tentative d'approche, en sournois, pour le choper en loucedé. Le furieux s'y attendait, se précipita sur lui, Jim fut obligé de battre en retraite... Il nous faudrait un filet, un taser pour le neutraliser, malheureusement les restrictions budgétaires nous en ont privé. Jim avec courage redescendit dans l'arène, il enchaîna les passes, cambré, il essaya de dompter la bête, il était d'une grâce, d'une beauté... si je n'était pas hétéro intégriste j'en banderais... arriva la faena, Jim s'avança à nouveau, d'une élégance... le dément se mît à mugir, se rétracta sur lui même, prêt à bondir, Jim sortit son Glock 22 dans une posture digne d'être statufiée, le McHornbeef gratta le sol de sa patte, le mufle soufflant, il pris son élan, s'élança, Jim, le bras tendu, tira, stoppa la course d'élan, le gus s'effondra sur le sol comme une bouse de vache en chiasse, bovidé fraîchement passée de l'alimentation sèche du foin à l'herbe tendre printanière, qui évolue intestinalement du compact au liquide. Une putain de corrida, réussie jusqu'à la mise à mort. Kenneth et moi sortions nos mouchoirs blancs, les agitions pour les déplier avant de nous essuyer le front, la tension extrême nous avait mis en sueur.... Jim voyant les deux mouchoirs blancs s'agiter, nous remercia d'un geste ample et théâtral, la puntilla à la main, il se dirigea avec fierté vers la dépouille de McHornbeef. Je l'arrêtais avant qu'il ne coupe ses trophées, les deux oreilles et la queue.... C'est un passionné le Jim... Nous revenions à la réalité, retrouvions notre calme...
-Jim, tu l'as tué !

Baltimore hécatombes / Alain René Poirier

-Je suis resté humain, je n'ai pas planté les banderilles, n'ai pas affaibli la bête, nous étions à égalité, lui ai laissé sa chance... J'ai le droit de l'abattre à la fin, c'est la règle, c'était lui ou moi, il n'y a pas d'ex-æquo en corrida, pas de finale aux tirs au buts...
-C'est de la bavure Jim !
-Une bavure sur un blanc du Delaware ou 99% des bavures touchent la population noire, t'as personne pour venir jouer à l'émeutier... Le film de l'intervention sera là pour prouver la légitime défense, ce mec avait le diable en lui, il l'a avoué spontanément...
-Je témoignerais, Jim m'a sauvé la vie, ce gus était devenu enragé, possédé.... J'appelle sa famille pour les prévenir.
Kenneth prends son téléphone.... s'isole un moment dans le couloir..
-Tu les as eu ?
-Je suis tombé sur la mère, elle m'a envoyé chier, elle regardait « Cesar Millan The Dog Whisperer » elle ne veux être dérangé sous aucun prétexte.
-Tu fous le gus dans un carton, tu le déposeras sur son paillasson en retournant à Milford, tu fais juste gaffe à ce que ce ne soit pas la journée du ramassage des encombrants, proposa Jim.
-Jim, je te reconnais bien là, toujours dans la délicatesse !
-Alors, on le fait incinéré, et Kenneth leur fait envoyer une belle urne avec un bouquet de fleurs par inter-funéra, là, ça a de la gueule, ne pourra pas dire qu'on se fout d'elle, l'amie du dressage de chiens...

Jeremy, un collègue nous avertit qu'un homme venait d'être retrouvé, criblé de balles, au bout de Holly-Neck Road, à proximité d'un ponton à bateaux.
-Lorsque je suis arrivé, le gus saignait, deux balles dans le ventre, il se vidait lentement, à petits bouillons, ses yeux me disaient qu'il voyait sa fin approcher, il refusait d'y croire, s'est mis a nous gueuler d'appeler du secours, qu'il ne voulait pas crever là

Baltimore hécatombes / Alain René Poirier

comme un chien, puis il a sombré dans le renoncement, avant de me dire qu'il partait, des larmes plein les yeux... Il s'agissait d'un certain JL Branchy... Pas de témoins, juste le personnel d'une maison qui jouxte le petit port. Ces gens affirment avoir entendu une moto, alors qu'ils étaient affairés à l'entretien de la piscine. Ne peuvent dire s'il y a un lien, ce qui est sûr, c'est qu'ils n'ont pas entendu de coups de feu... Le ou les meurtriers ont vraisemblablement utilisé un silencieux... Le corps est parti pour être autopsié, les balles envoyées à la balistique....

Quelques minutes plus tard, Jenrry m'appelle pour me signaler que la moto et ses deux passagers viennent de rentrer chez eux... Je jette un œil sur le perron, Maxou est en conversation au téléphone, il semble heureux de ce qu'il entend.
-Jim t'as vu le Maxou ? Une fois de plus, nous lui servons d'alibi.
Jim jette un œil, le journaleux lui lance une œillade, fait le geste du pouce en l'air, pour démontrer que tout baigne pour lui.

En fin de journée, le téléphone sonne, au bout du sans fil, le légiste me donne les premières observations effectuées sur le cadavre de Branchy, il était atteint par le virus Zyka, les tissus cérébraux en étaient plus gorgés, que le sang d'un poivrot ne l'est de gama-GT... N'était pourtant pas en Ouganda en 1947 le macchabée... n'était pas né... Je me disais aussi que ce gus avait une sexualité débridée, une gueule de participant aux tournantes où les victimes sont de pauvres moustiques Aedes, n'étaient pas clean les femelles, lui ont filer le virus. Heureusement il n'était pas enceinte le Branchy, sinon le gamin se pointerait avec une microcéphalie, ne lui manquerait plus que ça pour compléter le tableau, déjà la valise d'hérédité qu'il aurait sous le bras à la naissance... con comme il est, le géniteur, la valise serait forcément sans poignée, forcément.... forcément sans poignée !
-Si nous allions casser une petite graine, après toutes ces émotions, penser le ventre vide n'apporte pas de solutions, proposais-je fort à propos...

Baltimore hécatombes / Alain René Poirier

-Je te suis, confirma Kenneth, mais que fait-on du corps de McHornbeef ?
-N'y touchons pas, suggéra Jim, nous sommes proche de Pâques, il va peut être nous faire le coup de la résurrection, avec des mecs qui tutoient les anges, qui possèdent le 06 de Dieu, faut s'attendre à tout...
-Tu crois à ces conneries ?
-Tu en doutes ? Il y en a qui ont payé de leur vie une pareille provocation, tu as de la chance que le Saint inquisiteur ait pris ses neufs jours de congés payés, tu t'évites la poix, l'huile bouillante, l'écartèlement, le pal et autres douceurs chrétiennes.... Dieu est amour, rappelle-toi
-Jim, de quel Pâques parles-tu ? De Pâque ou de Pâques ? Faut pas confondre les marques, dans le premier cas, tu n'as aucune chance que ton gus se relève, pour eux, Dieu n'a pas trempé sa nouille dans un vagin marial, la gourgandine épouse de Joseph n'a pas accouché d'un prophète, juste d'un bâtard, Pâque c'est Pessah, la sortie d'Égypte, la liberté retrouvée des enfants d'Israël, la fin de l'esclavage chez les égyptiens... à notre retour tout ce qui peut arriver, c'est que l'âme du gus soit partie fonder un kibboutz... Pâques avec un « s » c'est la commémoration de la dernière Cène instituant l'eucharistie, la passion du Christ et sa résurrection, là, t'as une chance qu'à notre retour le zig galope comme un cabri.
-A propos de Pâques, avec ou sans « S », dont je me fous comme de ma première blennorragie, si nous allions nous taper la cloche chez Di Pasquale's, 3700 Gough St, après la corrida, nous avons tous besoin de reprendre des forces...

Nous sautons dans ma Chevrolet Caprice, Jim ne me demande pas de lui laisser le volant, il sais que je n'aime pas que l'on touche à ma voiture, ça ne se prête pas. Je prête ma baraque, ma perceuse, ma petite amie si on insiste, mais ma bagnole et mon gun, pas question... Nous roulions vers le restaurant, toutes

Baltimore hécatombes / Alain René Poirier

sirènes hurlantes, lorsque Jim mit « My Way » en version originale française, chantée par un certain Claude Français ou François, enfin un nom à la con du genre, un couineur qui sent le surfait, ce clown est au rock'n roll ce que l'aspartame est au sucre, comme crooners le freluquet teint, joue dans la cour de Donald Duck plus que dans celle de Frank Sinatra.
-Putain Jim, c'est insupportable cette voix de canard émasculé, comment peux tu nous infliger de telles daubes, pourquoi nous en veux-tu autant, que t'avons nous fait, hurlais-je, en m'arc-boutant sur les freins.

Jim s'écrasa le nez sur le pare brise... Kenneth bien ceinturé ne fut pas touché. D'un geste rageur, j'arrachais la clé USB enfichée dans l'autoradio par Jim, de l'indexe gauche je descendis la vitre électrique, de l'autre main, je lançais sur la chaussée ce maudit support à sonorités de merde. Un school-bus qui venait en sens inverse l'écrasa, heureusement aucun enfant ne fut blessé, pas un n'avait entendu le chanteur, ils ne furent pas traumatisés. God Bless our Child... Je descendis de la Chevrolet, me précipitais sur le bas côté pour vomir... Putain devrait y avoir des lois pour interdire l'usage de ces armes de destruction massive des oreilles... Purgé de ces ondes maléfiques, je reprenais place au volant, redémarrais en trombe... en route vers le restaurant. Je me garais dans le parking juste en face, sur S Dean ST. Le restaurant, des murs de briques sur un soubassement de granite, murs de pignon peints d'une grande fresque présentant un paysage marin, une colline verdoyante qui tombe dans la mer, une ville accrochée à la colline. L'entrée avec ses quatre marches, sa rampe d'accès pour fauteuils roulants, légèrement sur le côté, planté le long du trottoir, un arbre entouré de deux gros pots de fleurs jaunes, l'enseigne ovale jaune d'or à droite de l'entrée, où s'inscrit en lettre brunes « Di Pasquale's ». La partie boutique est un régal pour les yeux, les bocaux de verre emplis de toutes sortes de pâtes, des rangées de bouteilles d'huiles d'olive, des vins

Baltimore hécatombes / Alain René Poirier

d'Italie qui sentent bon les scooters et la Dolce Vita. Devant tes yeux qui les entendent croustiller, des pains de toutes sortes, sur des tables en présentoir, une féerie de couleurs et de parfums, tous ces carpaccios de légumes grillés marinant dans l'huile d'olive. La totalité du lieu respire l'Italie, tu verrais passer devant toi le Pape en gondole embrassant langoureusement sa bien aimée, lui roulant la pelle du siècle, amoureux si ardent que sa langue lui caresserait les amygdales, sous les yeux attendris du gondolier qui leur chanterait « El Gondolier » en passant sous le pont des soupirs...

> Pope oe pope oe
> gòndoea gòndoea oé
> note de iuna note piena de stee
> vogo in laguna vogo e vogio cantar
> Mi sò el gondolier che in gòndoea ve nìnoea...nìnoea
> sel remo in fòrcoea sìgoea...sìgoea
> come el s-cioco de basi...basi
> mi sò el gondolier

ne te surprendrait pas plus que de voir en 1957 John Archer, valeureux Cow-Boy dans « Decision at Sundown » ou, en 1951 Michael Ansara jouant un indien dans « Only the Valiant ».

Nous sommes installés autour d'une table pour quatre, le serveur en T-shirt noir sur lequel s'inscrit « Made in Italie » vient nous distribuer les menus. Après concertation, nous décidons de tous prendre les mêmes plats, plus simple pour les notes de frais... En entrée des Gnocchi maison sauce gorgonzola pour Jim, sauce tomate et basilic pour Kenneth et moi. Nous poursuivons avec trois poulets Divan, poulet sauté avec du brocoli, de la chapelure fraîche dans une sauce à la crème légère, servi accompagné de pâtes à l'huile d'olive et à l'ail. En dessert des Amaretti roulés dans des pinions de pin et des amandes. Pour le vin, une bouteille de Mastrojanni 2007, du domaine de Montalcino, célèbre pour ses 26 hectares de vignoble. Nous déjeunons dans la bonne humeur, j'allais dire que nous fêtions le succès de Jim pour son alternative,

Baltimore hécatombes / Alain René Poirier

c'est un peu comme si, il avait reçu de ses pairs, l'épée et la muleta avec son premier « Toro »... Maintenant il fait partie de la famille, il est adoubé par ses maîtres.... J'allais le dire, mais des pisses froids, des grincheux professionnels, des détenteurs de la morale qui fait jolie dans les têtes des non-concernés, se rueraient sur moi... Taïaut, taïaut, taïaut, jusqu'à mon hallali, comme ces connards de chasseurs sur la toile de Gustave Courbet... il n'y a pas que « l'origine du monde »... pour gueuler que McHornbeef n'est pas un « Toro », mais un humain, au nom de Dieu, des droits de l'homme et toutes ces conneries de bien-pensants, qui ont passé leur jeunesse à arracher les pattes des mouches, à enfoncer des épingle dans la carapace des hannetons, à faire fumer des crapauds pour les voir exploser, à noyer les petits chats des portées non désirées, à lancer les chiots naissants de toutes leurs forces contre les murs en guise de méthode contraceptive tardive... Si tu fais un peu de rétrospective, d'histoire, tu te tapes le cul par terre, à t'en casser le verre de montre, tellement ces Saints gus te font rire... N'ont accordé une âme aux gonzesses qu'au moyen âge, aux indiens quand ils avaient à peu près tous été massacrés, au noirs lorsqu'ils en ont eu besoin pour s'accaparer des médailles olympiques, aux pauvres s'ils acceptent de se faire exploiter 60 heures par semaine, de jour comme de nuit... Dans ce putain de pays, 30% des ouvriers n'ont ni jours de congés payés, ni jours fériés... les mieux lotis, 9 jours de vacances payées par an et 6 jours fériés... Putain de rêve américain. Alors tu vois où je me les mets leurs leçons de morale, leurs prières, leur humanisme à deux dollars six cents.... profond dans leur fions, à sec, sans vaseline ni plug pour préparer l'entrée, enfoncés à grands coups de bites de hardeurs, ces poussent-merde professionnels... Se voilent la face comme des vierges effarouchée, mais te font des fortunes en te vidant jusque dans ton bol de cornflakes du matin, des vidéos de tournantes et autres scènes de viol sur Youporn... ça compte pour combien dans le PIB, l'argent de la drogue, des traites d'humains, s'investit dans quoi ce pognon ? Ne sert-il juste qu'à rembourrer des matelas ?.... J'ai même vu sur CNN qu'en Europe, en France je crois, un curé haut gradé, avec le sakkos à grelots, l'omophore qui remplace la brebis perdue, la calotte violette, les bas résilles, la panaghia qui va bien, la crosse épiscopale et ses serpents, gus qui avait défilé main dans la main avec les tenants anti mariage pédés, les adeptes de « une famille c'est un papa, une maman, et des tas de niards morveux suivis d'un curé qui les encule », apôtre qui s'était transformé en mâle dominant sans couilles utiles, eunuque volontaire de la meute des loups hurlants contre le mariage gay... uniquement pour protéger les enfants, croix de bois croix de fer, si je mens je vais en enfer... Ce même déguisé en carnaval toute l'année, défendait les curés pédophiles, les couvrait... les promouvait même, ce pourri. Tout juste si après l'endoctrinement des jeunes esprits malléables, par le catéchisme, cette pédophilie intellectuelle, il poursuivait leur formation par la pénétration au fond de leurs corps par de la chair pétrie du religieux, les ensemençaient de Saintes intentions... Putain, va pas nous dire que c'est juste de la procréation, pas de la fornication... tout juste s'il ne chantait pas, « Les prélats pédophiles sont des nôtres, ils enculent leurs enfants de chœurs comme les autres, à nazibus, à frontibus, à sexibus »... Ce sont toujours ceux qui sont les plus mal placés, qui la ramènent le plus... La preuve... Comprenne qui pourra !

    Nous devisions gaiement tout au long de ce repas, pas l'ombre d'un Maxou, pas le plus petit atome de l'emmerdeur... C'est la première fois, depuis la découverte du cadavre de Laura, que le gus nous lâche le froc. Jim promenait un regard insistant sur chaque client de l'établissement..
-A quoi penses-tu Jim ?
-Je regarde tous ces gens autour de nous dans cette salle, cette femme enceinte toute fière de montrer qu'elle porte la vie, sa fierté égoïste ne vois pas plus loin que le bout de son placenta qui

Baltimore hécatombes / Alain René Poirier

prend du volume, ne s'interroge pas sérieusement sur l'avenir qui attend ses trois minutes de plaisir suivis de neuf mois d'espoir... Je les regarde un par un, je me dis qu'ils peuvent être, serveuses, conducteurs de bus, chauffeurs de camions, secrétaires, médecins, ouvriers, femmes de ménages, jardiniers, agriculteurs, pêcheurs, flics comme nous... dans vingt ans, voir trente au plus, ils seront tous chômeurs, les robots, l'intelligence artificielle, auront pris leurs places, si ce n'est le pouvoir... Que vont-ils devenir ? Ils seront parqués dans des centres d'élevages, nourris de LCF (low-cost-foods), obèses, vautrés sur des couches sommaires, attendant leur mort, que tarde à décider le comité des cerveaux numériques... pour les plus en forme, iront en pièces détachées dans les banques de réserves d'organes pour l'oligarchie, ceux qui auront pu négocier un sursis au Dieu numérique...

    Jim, tout en parlant resta le regard fixé sur une jeune femme qui déjeunait en compagnie de son compagnon... Je jetais un œil dans le prolongement de son regard. Belle femme, une petite trentaine, des courbes harmonieuses, plus dessinées à la Baignol et Fargeon qu'à la Sergent Major. Le compagnon, jeta à plusieurs reprises un œil noir à Jim, ce qui n'était pas simple pour lui, la nature l'ayant doté d'iris d'un bleu lavande. Jim, fixait toujours la jeune femme. Son compagnon, se pensant légitimement propriétaire de la belle, prit ombrage de ce regard appuyé sur sa compagne. Son sang de mâle dominant ne fit qu'un tour, sans passer par la case cerveau, il ne toucha donc pas les mises en garde. L'air furibard, il se leva pour venir demander des comptes à Jim, en gesticulant fort, se planta agressif devant lui. Jim se dressa de sa chaise, du haut de ses 110 kg répartis sur 1,98 m, il foudroya du regard l'inconscient qui était visiblement trop petit pour son poids, lui manquait vingt bons centimètres pour répondre aux critères d'esthétique corporelle en vigueur. Jim s'essuya la bouche d'un revers de la main, fixa l'homme au fond de ses pupilles, pour que son image y reste gravée à jamais,

Baltimore hécatombes / Alain René Poirier

parfaitement immobile, sans émettre le moindre son de réponse aux grognements du gueulard puis, tel un naja sans coiffe qui fond sur sa proie, il se projeta sur l'homme belliqueux, pour lui asséner un mémorable coup de boule bien centré entre les deux yeux.
-Pauvre futur chômeur, ce con ne le sait pas encore... murmura-t-il
L'autre, le nez cassé, le visage tuméfié, couvert de sang, fit mine de se relever, pour revenir à la charge... Jim sorti son Glock 22 et le mit en joue..
-Évite toi le massacre, regarde toi, regarde moi, pense cinq minutes avec ta tête, oublis le message de tes couilles, elles ne sont en la circonstance pas bonnes conseillères.
Tout péteux, l'écrasé du pif hésita, son cerveau repris le dessus, il regagna sa place, passa pour un charlot aux yeux de sa compagne. Pour lui ce soir ce sera onanisme ou abstinence....
  Jim toujours taquin, voulant sceller sa victoire, faire savoir à la belle qu'il prenait la place de mâle dominant de son troupeau, il se dirigea vers leur table, en fit le tour plusieurs fois, se frotta la région anale aux quatre coins pour marquer son territoire, saisi l'homme au pif cassé par le colback, le souleva de sa chaise, à bout de bras, il le porta pour le sortir de l'établissement, il le jeta aux pieds des fleurs jaunes qui ornaient les deux pots en symétrie, de chaque côté de l'arbre, comme on jette un vieux mégot de cigare dont l'odeur froide incommode...
-Toi casse-toi, t'es plus de la bande !

Baltimore hécatombes / Alain René Poirier

Chapitre 9

La surprise

Les amis, si je vous ai demandé de vous pointer dès potron jaquet, c'est qu'aujourd'hui il y a du lourd, de l'inhabituel, de l'excitant...
-Moi qui ne suis pas un lève tôt, qui ne me couche pas comme les poules, mais avec, j'ai fait l'effort. Potron jaquet, c'est très tôt, mais ça va encore. Tu m'aurais demandé de venir dès potron minet, là je n'aurais pas pu.
-Je ne comprend pas, c'est la même chose, potron jacquet ou potron minet sont deux expressions qui sont comme qui dirait synagogue, du kif-kif bourricot.
-Je ne te dis pas le contraire, mais je suis allergique aux greffiers, ils me filent de l'urticaire, la pelade, la pécole et j'en passe...
-Putain, Jim, ce n'est pas le moment de faire ton humour à trois dollars six cents.... Je reprends... Malgré les pressions de toutes sortes, le lobbying de la famille, le chantage à la suppression des soutiens financiers, j'ai l'autorisation de perquisitionner les appartements de Maxou et de son frère. Jim tu prends la tête d'une équipe et tu me coffres les deux frangins, plus tout ce qui ressemble de près ou de loin à ces gus, tu fais aussi rapatrier ici la totalité de ce qui pétarade comme Harley, leurs GPS compris... Ce mec nous prend pour des truffes depuis trop longtemps, il faut que ça cesse ! Allez-y les gars, réveillez moi ces emmerdeurs sans

Baltimore hécatombes / Alain René Poirier

tambours ni trompettes, je veux que l'effet de surprise les cueille à froid. Une recommandation importante, une fois chopés, vous me les séparez, je ne veux pas qu'ils puissent se concerter. C'est OK pour tout le monde ? Exécution !

En tête du convoi qui se dirige en toute discrétion vers Portland Street, pas de sirènes, le gyrophare en veilleuse, tout juste si les pneus ne sont pas couverts de feutre, nous jouons le catimini à fond, avec le costard de la panoplie et les accessoires, plus discrets que nous comme mecs, tu meurs. Je veux miser à fond sur l'effet de surprise, ne pas leur donner la possibilité de camoufler, de s'organiser, de travestir. Personne n'était au courant, pas même mon équipe, pas de fuites possibles, je ne m'en étais même pas parlé, c'est dire les précautions prises, j'avais « secret défense » tamponné sur le bout de la langue...

Nous arrivons par Saint Fremont Avenue, tournons à droite, Portland street, maisons de briques, rue bordée d'arbres, le but, le numéro 613. Immeuble comprenant des locations de « Zahlco Development » une société sous la coupe de la famille de Maxou. Bâtiment industriel entièrement rénové, transformé en appartements d'une à deux chambres, dotés de grandes fenêtres pour permettre à la lumière naturelle d'inonder l'espace, bien situé, en face de Camden Yards et à quelques encablures de l'Université du Maryland. Les sorties de garages sont sur l'arrière, sur Washington Boulevard. Jenrry planquait ST Greene St, pour avoir les deux voies dans son champs de vision, obligé, c'est sournois du Maxou. Nous investissons les trois appartements en même temps, nous nous synchronisons aux « Walky Talky ». Dans l'appartement du frère autiste, Kevin... Putain pas de pot le gus, autiste, en plus ses parents le prénomme Kevin... Peut dire que les fées se sont détournées de sont berceau... Il y des parents qui sont de sacrés enfoirés, Kevin, un blaze de blaireau, si tu démarres affublé de ce first name dans la vie, tu peux dire que tu pars avec un sacré handicap !... Nous surprenons Kevin dans son

Baltimore hécatombes / Alain René Poirier

bain, jouant à faire des bulles, rigolant de se transformer en jacuzzi biologique. Sorti de l'eau manu militari, le lascar, séché dans l'approximatif, peigné dans le simplifié, habillé dans le précipité, le gus se retrouve en fourgon, menotté, attaché, ficelé par la ceinture de sécurité, pour lui éviter des envies de se prendre pour une pinball ball. Plus précautionneux que nous, pour de l'appréhendé, tu frises le démagogue... On ne nous refera pas le coup deux fois... Deuxième appartement, vide... Maxou se trouvait dans le troisième, assis sur son trône, pépère, coulant le bronze matinal, avec le vent qui accompagne, qui t'ouvres les voies pour te vidanger la vessie. Juste le temps d'appuyer sur le bouton de la canule de lavage de fion, la rondelle karchérisée à 38°C, le coup d'air chaud de son abattant de toilette japonais avec douche électronique, pour fignoler, style brushing des poils de cul. Le fion propre, le froc relevé, la ceinture bouclée, les bretelles attachées, le gus est pris en main, puis conduit lui aussi dans un deuxième fourgon. Fait l'objet des mêmes attentions pour le prémunir des chocs pendant le trajet de retour... Et Hop, en route vers nos accueillantes cellules... Sur le chemin de retour, c'est l'orgie de sirènes, gyrophares, le concitoyen doit voir que son pognon est utilisé à bon escient. C'est à ce moment, alors que je baigne dans l'euphorie, que je chante « Woodoo Child » à tue-tête, que je te fais les solos de guitare à la bouche, fêtant le Maxou en route vers sa cellule.... que je reçois un appel d'un gus me demandant de le rejoindre à l'holiday Inn, près du stade des Orioles. Il m'y attend, a des choses à me confier sur Maxou, se présente comme Mr. Halla.

Direction Camben St, puis S Eutaw St. Je me gare sur la parking de W Lomard St, me dirige vers la réception de l'hôtel, demande Mr Halla. Le réceptionniste sans relever la tête me marmonne, Halla ? at bar, dans un anglais approximatif. Me faut un moment pour déchiffrer, avale ses « H », te colle un accent tonique sur « at »... Un immigré Syrien, ou un gus du genre, le

Baltimore hécatombes / Alain René Poirier

type métèque prononcé, certainement mal payé, ne faut pas lui en demander trop. Au bar, à cette heure matinale, juste un homme, assis dans un fauteuil crapaud, il sirote un cocktail en mâchouillant nerveusement la paille.
-Mr Halla ?
-Lui même. Vous êtes Dick ? Questionna-t-il inquiet.
-Affirmatif, répondis-je fièrement en arborant ma plaque.
-Vous n'avez pas été suivi ? Murmura-t-il l'air comploteur..
-Je ne penses pas, ma Chevrolet Caprice en a dans le ventre, je conduis à la sirène, franchis les lignes blanches, roule à contre sens s'il le faut... un pékin qui ose me suivre, je le repère de suite, il finit sa journée en cellule jusqu'à ce que quelqu'un vienne payer sa caution... j'en ai qui ne peuvent la payer, ils pourrissent en cellule depuis trois mois.
-Rapprochez-vous, je ne veux pas que l'on puisse m'entendre...
-A ce point ?
-Maxou possède un box à l'angle de Warner St et d'Eislen St, à votre place j'irais y jeter un œil....
Puis Halla se lève et s'éclipse. Putain, étrange ce gus, je n'arrive même pas à mémoriser sa tronche, je serais incapable de le décrire avec précision pour en dessiner le portrait robot. Peut être que la gueule d'Halla ne peut se dessiner, on a vu des trucs aussi curieux dans le passé, certain ont même monté un business là dessus, sont plusieurs sur le coup. La famille Sunnit, et la famille Schiit se tirent dans les pattes pour savoir qui sera le plus fort, le seul, le vrai représentant... Parait que ça n'a rien à voir... Le mystère des croyances, comment différencier le prophète du mythomane ?
J'appelle Jim, lui demande de me rejoindre avec un serrurier au coin de Warner St et d'Eislen St.

Ensembles devant le box, que le serrurier ouvre sans difficulté, nous entrons, notre torche led Lenser X21R.2 à la main, lampe qui balance ses 3200 lumens, que dans une nuit sans lune,

Baltimore hécatombes / Alain René Poirier

tu te croirais à Miami à midi, un jour de solstice d'été.
-Putain c'est pas vrai, jura Jim.
-Ah, si je m'attendais, bordel de merde, ajoutais-je....
-Je n'en crois pas mes yeux...
-Pince moi, je n'ai pas l'impression d'être dans la réalité...
-On ne touche à rien, on referme, on fout les scellés et je fais venir la scientifique...

Chapitre 10

L'interrogatoire

De retour au bureau, nous allons préparer les interrogatoires des frangins Maxou et Cie, nous faut des biscuits, le Maxou c'est du retors, pas franc du collier, l'esprit qui marche en crabe, raisonne en escalier... en prime faut se taper le frangin, l'autre perché, à cheval sur le passage des couleurs, fan des Christophe Robin, David Mallet, Frédéric Mennetrier, Karima et autres Nicolas Felice, coloristes de la tignasse, spécialistes de la chromatique des parcs à poux.. Je vais débuter les auditions par l'autiste, Kevin, histoire de m'échauffer, ressemble à son frère, un peu plus costaud, une lueur folle dans les yeux, avec ce côté affectif que tu ne retrouves pas chez le journaleux... mérite sûrement d'être connu si t'as des loisirs....
-Kevin, connaissais-tu Laura, Amy, Ted, John, Sarah, Betty, Branchy, McHornbeef ou l'un d'entre eux ?
-Pas dans cet ordre, c'est n'importe quoi, vous ne respectez rien dans la police, l'ordre c'est l'ordre, et là, votre énumération passe du coq à l'âne sans passer par le dindon, le chien et le bélier Columbia.
-Bélier Columbia ???
-Vous ne connaissez pas ? Pas fortiche pour un policier, le bélier Columbia est un croisement pour adapter les moutons au climat de l'ouest du pays, il faut croiser un bélier Lincoln Longwool

anglais avec des brebis française, des mérinos de Rambouillet...
-Laisse tomber les moutons, n'essaie pas de m'endormir, des angliches amateurs de jelly avec des mangeurs de fromages qui puent, question langage issue du mélange, ce ne doit pas être du simple, un tantinet indigeste ton truc. Remets les personnes que je t'ai citées dans l'ordre si tu veux, mais répond à la question.
-Père m'a prié de ne jamais parler à quelqu'un que je ne connaissais pas, et vous, je ne vous connais pas, je n'aime la couleur de vos cheveux, vous ne sentez pas la bonne odeur !
-Je me suis présenté à toi.
-Ce n'est pas suffisant pour acquérir ma confiance, de plus vous avez le classement cafouilleux, vous mélangez toutes les couleurs de cheveux... Je ne peux pas vous faire confiance.
-Leur as-tu parlé, oui ou non ?
-Dans quel ordre ?
-Dans celui qui te convient, je me fous de l'ordre comme de ma première chemise !
-Des cheveux vous vous en foutez aussi ?
-Complètement... Je cherche un assassin, tes cheveux auront bonne mine sur la tête d'un cadavre... ce n'est pas la priorité, alors de ton classement du top-ten de la blondasse je m'en bats les couilles.
-Pas moi, et en plus je ne vous aime pas, espèce de malotru !
-Tu l'as déjà dit... Je te laisse réfléchir à l'ordre chromatique, je reviens dans un moment.
Je sors m'entretenir avec Jim et Kenneth, Jim me propose d'aller cuisiner Lindsay pour obtenir des informations complémentaires concernant Kevin, c'est son beau-frère en quelques sortes. Comme il semble congestionné, ça fait deux occasions de ne pas refuser sa proposition. Je me tourne ensuite vers Kenneth, lui propose de tenter sa chance auprès du pénible. Ce qu'il accepte sans hésiter...
-Salut Kevin, tu as terminé ton classement, je propose que nous

commencions par les cheveux les plus clairs.
-Vous êtes moins brouillon que votre copain de Baltimore. Je le savais, vous n'êtes pas comme lui, vous semblez un homme de goût... vous avez les cheveux plus foncés que lui, vous avez respecté l'ordre, c'est un signe encourageant.
-Alors qui possède les cheveux les plus clairs ?
-Laura et Betty, ça c'est sûr !
Commençons par elles.
-Non, une par une, si j'en prends deux à la fois, j'ai ma tête qui devient folle, ça me tape dedans, je vois des éclairs, mes yeux me regardent à l'intérieur, dès fois je pars en épilepsie...
-Nous parlerons de tes envies de voyage à une autre occasion, laquelle des deux choisis-tu ?
-Aucune, elles sont à égalité parfaite.
-En as tu pas observé une, qui avait les cheveux légèrement plus clairs, forcément, il devait y avoir une légère différence qu'un spécialiste comme toi devait percevoir ? Forcément !
-Si, Laura sous les projecteurs, quand elle chantait, elle avait des reflets plus clairs.
-Commençons par Laura....
-Non, des fois Laura c'était Betty, et ça, ça me bloque.
-Essayons alors de commencer par celle ou celui qui avait les cheveux le plus foncé.
-Non, pas possible, après je ne saurais pas qui prendre pour terminer la liste, dans les plus clairs, si je commence et qu'ensuite je reste bloqué, je vais faire une crise.
-Si tu classes aussi précisément leurs teintes de cheveux, c'est que tu les connaissais tous, je peux même supposé que tu faisais parti de leurs intimes... Tu vois quand tu veux, tu peux être coopératif.
-Quelle couleur les tifs de Coopéra ?
Kenneth sortit sans rien ajouter... Putain, après ça comme humour, tu peux tirer l'échelle, même Jim n'aurait pas osé la faire. Dès que t'as un prénom à la con, tu te permets tout !

Baltimore hécatombes / Alain René Poirier

-Dick je crois que nous ne pourrons rien en tirer de plus.
-C'est aussi mon sentiment, essayons Maxou.
Nous nous rendions dans la salle contiguë... lorsque les cris de Kevin déchirèrent l'espace.... Il venait de s'apercevoir que son gardien, Bill, avait le crane rasé.... Il trépignait, hurlait, bavait en le montrant du doigt, je veux savoir comment sont ses cheveux, arrivait-il à articuler entre deux montées de sanglots, qui s'intercalaient entres ses crises paroxysmiques. Je pris la perruque blanche confisquée à un travesti, qui vendait des godemichets halal en gardant les chaussures des fidèles devant la mosquée Masjid Ad Da'wah EILA Tawhid du 2203 Maryland Avenue, pour la coiffer sur le crane de Bill. Les cris cessèrent immédiatement. Nous permettant de retourner vers Maxou. Pas plutôt mis un ongle de gros orteil dans la pièce, que ce dernier nous déclara garder le silence en vertu du......
-Ta gueule, criais-je pour lui claquer le beignet. Écoute moi un peu, nous avons découvert ton boxe à l'angle de Warner St et d'Eislen St... ça te la coupe mon gars..
-Je veux mon avocat !
-Tu sais ce que l'on a trouvé à l'intérieur ?
-Je veux mon avocat !
-Des kangourous empaillés avec les photos de toutes vos victimes posées comme des masques sur leur faces, des congélateurs emplis de kangourous, des flacons de sang d'origine inconnue, leur analyse est en cours... Avec ou sans avocats, vous êtes mal partis les Maxou's brothers band...
-Je veux mon avocat !
Nous sortons, pas de temps à perdre avec ce gus. C'est à ce moment que Jim nous appela. En arrivant chez Lindsay, il a vu garée sur sa place de parking, la moto de Maxou, la même que celle que nous avons confiée à la scientifique, immatriculation identique, un clone de moto... Il est monté dans l'appartement sans prévenir, ouvert avec le double des clefs, qu'il avait fait

Baltimore hécatombes / Alain René Poirier

réaliser en douce, et surpris Maxou nu, roupillant aux côtés de Lindsay, sur la couche qu'il lui arrivait de partager.
-Tu es sûr de toi Jim ?
-Je lui ai mis les pincettes, un calcif, un froc, une liquette, des chaussettes et des claquettes... je vous l'amène illico par la peau du dos !
-Putain, Branchy disait vrai, ce gus a le don d'ubiquité....
-Attends Dick, j'essaye un truc... Toi, surveille ton Maxou, observe bien, guette ses moindres gestes... Tu es prêt ?
-Une minute, j'y retourne... C'est bon, je l'observe.
Jim reviens vers son Maxou, prend son élan, lui décoche une grande baffe dans la gueule, une donnée de toutes ses forces, avec cœur, enthousiasme, générosité, une dont il rêvait dans ses songes les plus voluptueux... Putain ça fait du bien murmura-t-il en se frottant la main.
-Mais vous êtes cinglé, qu'est-ce qui vous prend, ça ne va pas la tête... j'en ai des bourdonnements dans l'oreille ?
-Allô, Dick, ton Maxou a-t-il ressentit quelque chose ?
-Non, pourquoi,
-S'il s'était dédoublé, avec la claque que je viens d'infliger à son autre partie, le tien aurait dû faire trois tours sur lui même en tournant dans ses Berluti... Juste des jumeaux tes gus.
-Je veux bien, Jim, mais il n'y a eu qu'une seule déclaration de naissance.... tu crois que ce con s'est fait cloner par les illuminés de Raël ?
-Je suis certain que ces gus ne savent cloner que leur connerie, pour le reste, il faut attendre les imprimantes 3D, avec des cartouches d'acides aminés...
-Si tu en vois une, ne t'approche surtout pas...
-Je ne vois pas pourquoi !
-Je te croyais allergique aux chats.
-Putain, cette fois c'est toi qui es con... Acide à minet, on touche le fond !

Baltimore hécatombes / Alain René Poirier

Je retournais voir Maxou, après avoir mis Kenneth au parfum de la découverte de Jim, qui a eu une double surprise, trouver son dégorgeoir à poireau occupé, et découvrir un deuxième Maxou.
-Maxou, nous avons une surprise pour toi.. vous, enfin toi, pour le moment...
J'avais demandé à Steve, un collègue, de nous apporter un grand miroir sur pied, de le mettre entre Maxou et la porte...
-Que vois-tu Maxou ?
-Mon image....
-Comment est-elle par rapport à toi ?
-Comme tous les reflets dans un miroir, elle est inversée...
-Bientôt je vais te faire traverser le miroir... lui dis-je l'air énigmatique, avant de sortir de la pièce.
Quelques minutes plus tard, Jim arrive avec son Maxou... Effectivement, la copie conforme de l'autre, juste des traces de chute sur le visage et une incisive légèrement plus brillante...
-Jim, viens nous allons le présenter à... la surprise....
Je les conduis dans la pièce où se tient notre Maxou, j'ouvre la porte, les place derrière le miroir... Le Maxou 1 lève la tête, aperçoit son reflet dans le miroir, je déplace le miroir, le Maxou 2 se retrouve devant le Maxou 1...
-Alors le reflet ? Toujours inversé ?
Maxou 1 regarde Jim, puis son frère, surpris de le voir démasqué, interrogatif, décontenancé...
-Oui, fanfaronna-t-il, nous sommes des jumeaux miroir, maintenant je suis un !
-C'est pour ça qu'un coup il était droitier, la fois suivante gaucher... On peut dire qu'ils se sont bien foutus de nous ! grinça Jim.
-Nous avons droit à quelques explications, me semble-t-il !
-Nous ne parlerons plus, nous voulons un avocat, que notre père soit prévenu...

Baltimore hécatombes / Alain René Poirier

Il se sourirent et sombrèrent dans un mutisme complet, le visage sans expression, l'œil éteint...
-Vous le prenez comme ça ? OK, foutez moi ça en cellules... des séparées, je ne veux pas qu'ils communiquent, et passez leur de la musique pour brouiller la transmission de pensée, avec ces gus, faut être prévoyant !
Jim, perplexe réfléchissait, puis se posa à haute voix... Et si les gauchers étaient des jumeaux miroir dont le frère droitier ne s'était pas développé, des jumeaux solitaires, sont doués en math parce qu'ils se comptent depuis la première division de leur œuf... Lorsque Jim en est là, le mieux c'est de ne pas relever, sinon tu pars dans la visite du bordel des boyaux de sa tête...
    Jim, Kenneth, pour se changer les idées, se détendre, se refaire le mental, si on se faisait une sortie, nous l'avons bien méritée...
-Je propose le Ritz, pour des mecs c'est parfait s'enflamma Jim...
Nous voilà installés dans ma Chevrolet Caprice, un petit coup de Lola des Kinks pour égayer les oreilles, j'ai devancé Jim avant qu'il ne nous pourrisse les tympans avec une daube de derrière les fagots du genre « Work » de Rihanna & Drake ou pire « Love Yourself » de Justin Bieber & Jaden Smith, parce qu'il leur faut se mettre à deux maintenant, pour nous pondre ces merdes....
Heureusement reste ces souvenir d'un temps....

> *I met her in a club in old Soho*
> *where you drink champagne*
> *and it tastes like cherry cola*
> *See-oh-el-aye cola.*
> *she walked up to me*
> *and she asked me to dance*
> *I asked her her name and in a dark brown voice*
> *she said Lola El-oh-el-aye Lola la la la la Lola.*
> *Well I'm not the world's most physical guy*
> *but when she squeezed me tight*
> *she nearly broke my spine*
> *oh my Lola*

Baltimore hécatombes / Alain René Poirier

la la la la Lola.
Tous les trois, secouant la tête en rythme, nous roulons vers le 504 S Broadway, pour finir la journée en beauté, le club ouvre à 5pm et nous avons jusqu'à demain matin 2pm pour nous éclater....
Well I'm not dub
but I can't understand why
she walked like a woman and talked like a man
oh my Lola la la la la Lola la la la la Lola.
Well
we drank champagne and danced all night
under electric candle light
she picked me up and sat me on her knee
and said "Dear boy
won't you come home with me ?"
Well
I'm not the world's most passionate guy
but when I looked in her eyes
I almost fell for my
Lola la la la la Lola la la la la Lola.
Lola la la la la Lola la la la la Lola.I pushed her away
Ray Davies nous ravit les feuilles, de sa voix enveloppante, légèrement éraillée, petit à petit il s'excite, la musique devient plus nerveuse, s'accélère, des instruments s'ajoutent.... J'ai enregistré la version de 1970 de « Lola versus Powerman and the Moneygoround, Part one »... Pour faire bonne mesure j'ai enchaîné par la version de 1979 des gonzesses post punk The Raincoats, puis par celle de 1984 de Heinz Rudolf Kunze, ce qui le change de « Dein ist mein ganzes Herz » qui le rendra célèbre chez lui, l'année suivante.
I walked to the door
I fell to the floor
I got on my knees
then I looked at her
and she at me.
Well
-Dick tu ne vas pas nous passer que du « Lola » jusqu'au Ritz, s'impatienta Jim, qui devenait en manque de sa daube

Baltimore hécatombes / Alain René Poirier

habituelle... Une ode aux travelos, pour moi c'est à petites doses.
Heureusement que ses goûts en gonzesses sont plus éclectiques que ceux qu'il étale question musique, plus tolérants...

*that's the way that I want it to stay
and I always want it to be that way
for my Lola la la la la Lola.
Girls will be boys
and boys will be girls
it's a mixed up
muddled up
shook up world
except for Lola la la la la Lola.
Well*

-Tu préférerais « Stressed Out » de Twenty One Pilots... ces pseudos ados à bonnet rouge et casquettes, sur leurs tricycles à pédales, ils frisent le ridicule... qui leur rend bien, ou « My House » de Flo Rida le chauve à Ray-Ban pilote, décoré comme un sapin de noël, qui fait cliquer ses chaînes d'or comme un forçat ses boulets...

*I left home just a week before
and I'd never ever kissed a woman before
but Lola smiled and took me by the hand
and said "Dear boy
I'm gonna make you a man."
Well
I'm not the world's most masculine man
but I know what I am
and I'm glad I'm a man and so is
Lola la la la la lola la la la la Lola.
Lola la la la la Lola la la la la Lola.*

-C'est aussi bien que les chansons de ton grand-père que tu nous fais ingurgiter à longueur de temps...
-Tu as de la chance, nous sommes arrivés, ça m'évite de te répondre, j'aurais pu finir dans le désagréable, le peu flatteur, la vanne qui tue, que tu repartes penaud, la musette remplie, que tu n'aies plus qu'à remettre ton mouchoir par dessus....
La lumière bleue baigne le bar ou des rangées de bouteilles

Baltimore hécatombes / Alain René Poirier

de « gin, whiskeys, vodka, Rum, Tequila, cognac, champagne, Cordials » s'alignent sous les facettes des lustres. Nous prenons place sur une longue banquette rouge orangée, capitonnée, adossée au mur de briques, briques peintes en bleu violacé, des portraits des danseuses topless, qui ont fait le succès de l'établissement, alternent à intervalles réguliers, accrochés au dessus de notre siège... Des filles montées sur des hautes semelles compensées, aux talons démesurés, se déshabillent sur des musiques suggestives... Sur la carte « Ritz Bottle Service » griffée « D'Ussé » Chateau de cognac/France, pour faire branché rap, nous commandons des « Whiskeys » Après les tensions de la journée, la soirée s'annonce débridée... Jim essaye déjà de brancher une strip-teaseuse qui vient de terminer son premier passage....

Vers 2 H am, nous sortons, la tête dans les brumes d'alcool, Jim vidé par les « extra » que lui ont accordés deux des filles. Nous cherchons un moment des yeux la Chevrolet. Où a-t-on garé cette putain de bagnole... Souvenirs confus... Je me saisis de la télécommande pour ouvrir les portières et appuie sur urgence sirène.... Les gyrophares qui tournent, la sirène qui hurle, nous situent où se trouve la caisse... juste devant notre nez... Nous hésitons, bourrés comme nous sommes, si les flics de cette bagnole nous chopent, nous sommes bon pour finir la nuit en cellule de dégrisement, à pourrir dans l'humidité des cachots, jusqu'à ce qu'un Clopin Trouillefou quelconque vienne payer la caution...
-Pas de panique, les flics de cette bagnole, ce sont nous... rassura Jim, qui supportait mieux l'alcool...
Nous nous entassons dans la voiture, attendons qu'elle démarre lorsque Kenneth fit remarquer que la chose serait peu probable.
-Et pourquoi ça Monsieur Kenneth, l'apostropha Jim.
-Vu que nous sommes tous assis sur la banquette arrière, et que ce n'est pas une caisse de chez Google...
Je me décidais à abandonner mes amis, pour m'installer

Baltimore hécatombes / Alain René Poirier

au volant... Je démarrais, proposais de sillonner la ville en tous sens. Voté à l'unanimité... fenêtres ouvertes, musique à fond... « Walk on the Wild Side » Lou Reed, « Psycho Killer » Talking Head, « The Passenger » Iggy Pop, « Baba O'Riley » The Who, « Are you gonna be my girl » Jet, « Black Betty » Ram Jam, « Born to be Wild » Steppenwolf, « All Right Now » Free précédèrent « Love like a man » Ten years After, « Sweet Home Alabama » Lynyrd Skynyrd, « My Sharona » The Ramones, « baracuda » des filles du groupe Heart pour terminer... de temps en temps Jim sortait la tête par la portière, puis le bras, suivait son Glock 22, il tirait des coups de flingue pour dégommer ces putains d'étoiles qui lui faisaient de l'œil, le narguaient, se payaient sa tronche... Putain de fin de journée... de début de la suivante...

Baltimore hécatombes / Alain René Poirier

Chapter 11

When the music's over

Réveil douloureux, bicarbonate, café sans sucre, marteau piqueur dans le citrouille, t'as l'impression que ta tronche est une citrouille avec des gus qui te creusent les yeux et la bouche pour Halloween, trop de sang pour pas assez de tubulures, ça se bouscule, trop de pression, le bordel, le biologique qui se venge, le foie qui largue ses enzymes à tour de bras, putain que les lendemains ne sont pas glorieux, je picole le métoclopramide à la bouteille, pour persuader mon cerveau de s'abstenir de gerber... Faut pourtant se pointer au bureau, j'ai mes trois empaffés qui sont au frais, qui attendent pour savoir ce que je vais pouvoir faire d'eux... Les avocats diligentés par le papa, qui doivent m'attendre de pied ferme... Je vais tous les libérer, trouvent toujours une parade, c'est juste une question de prix, indemnisent les familles, s'arrangent à l'amiable, pour ne pas se lancer dans un procès perdu d'avance, trop cher pour le contribuable, le budget... qu'ils se démerdent entre eux, intellectuellement l'énigme est résolue, alors pour ce qui est de la justice des hommes, nous sommes en démocratie moderne, il faut se prosterner aux pieds des autels du nouveau Dieu pognon.... Le seul truc, faut faire savoir que les meurtriers sont des blancs, pour une fois, sinon les pénitents blancs vont encore faire des leurs... Avant, pour la satisfaction personnelle, comprendre ce qui

Baltimore hécatombes / Alain René Poirier

motive les deux Maxou... Putain, voir Maxou en deux exemplaires après une soirée de cuite, voir double, réel ou être encore bourré ? That is the question, mon royaume pour une tête apaisée... que veux-tu que je foute d'un cheval...

    Arrivé au bureau, l'avocat des Maxou m'attend, l'œil ironique, bras croisés sur la poitrine, lunettes d'écailles, loden vert bouteille, chaussé de bottes Logan de chez Michael Kors. Il se présente, Keith Morris, se dit missionné par le paternel.... Il me regarde d'un air condescendant, je lui fais perdre son temps pour des broutilles... Les dernières vapeurs de la soirée d'hier tardent à se dissiper, son sûr d'eux, ne m'envoient qu'un baveux... j'ai l'impression qu'un éléphant me regarde, j'ai la tête qui bat... L'impatient me demande un tête à tête... Je lui accorde, j'espère qu'il sera bref, la migraine, la tête dans le cul, ce type est sérieusement en position de force... Aujourd'hui, arrêter des coupables, s'il savait comme je m'en fous, je veux de l'ombre, du silence, pour apaiser les éclairs qui se déclenchent d'une tempe à l'autre... Il m'explique pour les deux Maxou... Les Maxou sont des jumeaux monozygotes miroir, nés dans la petite maternité que leur père avait faite aménager dans la propriété familiale, le père n'en avait déclaré qu'un à l'état civil, pour lui, les deux garçons n'en étaient qu'un en réalité, une grossesse, un enfant, une logique à toute épreuve. Ce fils s'était dédoublé par accident, une mitose fortuite, ce qui explique qu'il n'y ait qu'un seul acte de naissance... Les deux garçons, conscient de n'en faire qu'un, s'étaient partagés les rôles, chacun prenant en charge la moitié de ce qui lui incombait, puis transmettait à l'autre, presque par mimétisme, transmission de pensée, grâce à leur patrimoine génétique identique... Difficile à expliquer... Kevin lui, est autiste asperger, il est parfois sujet à des crises de violence, lorsqu'il voit ses repères bouleversés... Ses frères font tout pour le protéger, mais n'y arrivent pas toujours... Ils tiennent aussi beaucoup, beaucoup à lui, il est l'auteur du livre qui fait leur succès, ne

Baltimore hécatombes / Alain René Poirier

tiennent pas à perdre la poule aux œufs d'or. Kevin n'a pas supporté que Laura passe devant lui, immédiatement derrière une rousse, avant une châtain claire, pas logique, il a piqué une crise... A supprimé l'erreur de classement... c'est ce qui est arrivé pour Laura... ensuite tout s'est enchaîné... Pour éviter à Kevin d'être démasqué, Maxou1 et Maxou2 ont été obligés de contrôler la situation, de mettre en scène, de supprimer tous ceux qui pourraient mener à Kevin, le fait d'être de vrais jumeaux, de ne compter que pour un, administrativement parlant, leur permettait de se confectionner des alibis en béton... Je hochais la tête, n'écoutais que par bribes, je m'en tamponnais à un point, qu'il reparte avec les trois lascars, emmène aussi les autres détenus pour faire bonne mesure, mais qu'il se taise, je veux éteindre la lumière de ce putain de bureau, baisser le store, mettre des bouchons d'oreilles, me reculer sur mon fauteuil, pieds sur le bureau, fermer les yeux, ralentir ma respiration, sommeiller, me vider la tête.... Keith poursuit sa démonstration, me dit que la détention de Maxou 1 est illégale, puisqu'il n'a pas d'existence réelle, donc rien ne peut être reprocher à quelqu'un qui n'existe pas, que je dois le relâcher sur le champ... S'il n'existe pas, il ne peut pas non plus être dans mes cellules... pas envie de polémiquer, je donne l'ordre. Maxou 1 libéré, l'avocat poursuit en justifiant que Maxou 2 ayant des alibis inattaquables pour tous les meurtres, puisque vu en permanence par la police, aux moments des crimes, il était forcément innocent, forcément... partant il demandait sa libération immédiate..... J'objectais un coup gaucher, un coup droitier pour mettre en doute l'alibi, d'un revers de main, objection balayée, rien ne prouve qu'un être qui utilise sa main gauche à un moment soit forcément gaucher... me démontra-t-il en sortant un paquet bleu de Rothmans international de sa main gauche.... Maxou 2 sortit du police department avec, me semble-t-il, un petit geste de la main, où tous ses doigts n'avaient eu le temps de se replier, le majeur

Baltimore hécatombes / Alain René Poirier

restait en position droite... Poursuivant ses déclarations, l'avocat me demanda une expertise psychiatrique de Kevin, qui n'avait rien à faire dans ces murs, mais nécessitait des soins, étant irresponsable, il ne relevait pas de la justice..... Comme je le disais à Jim, focalisons nous sur les délinquants noirs, pas de temps à perdre avec ces fils de riches plus bourrés d'avocats qu'un sprinter de 100 m d'anabolisants... Le soir, nous somme repartis au Ritz boire à la santé de la justice... Avons presque tout dilapidé le contenu de l'enveloppe que le père des Maxou avait faite oubliée à notre intention, par Keith Morris. Demain nous reprendrons nos enquêtes, ou plus tard, après demain. Penser mettre un cierge à Sainte Procrastination....

That's All Folks

... Quand je pense qu'il suffirait que 500 000 personnes achètent ce bouquin pour que j'en vende 500 000 exemplaires... Putain la logique c'est ce qui se fait de mieux

Baltimore hécatombes / Alain René Poirier

Du même gus : **Alain René Poirier (10/09/1947-15/11/2026)**

Editions Books and Demand

Anarchie Meurtres Sexe et Rock'n Roll V2,1   octobre 2013
ISBN 9782322032365

Quand passent les pibales   juillet 2014
ISBN 9782322037292

**Dieu créa le monde
en écoutant les Rolling Stones**   Janvier 2015
IBSN 9782322011193

Vivre en 2084   Janvier 2015
IBSN 9782322015633

All My Worst Seller (œuvre complète Tome 1)   Janvier 2015
IBSN 978232201661   (2013-2015)

New York / Bagatelles   Décembre 2015
IBSN 9782322044160

Le Bœuf, le crabe et les vers de terre   Mai 2016
IBSB 978232077540

Baltimore hécatombes / Alain René Poirier

Écriture terminée le 14 mai 2016

Espace réservé pour noter les pages et les corrections des fautes.... C'est de l'instinctivisme.... J'ai fait BEPC à Jules Ferry Ermont pas Normale Sup rue d'Ulm